Ejecutiva dominante

Colección Dominación Erótica

Erika Sanders

Título

Ejecutiva dominante

De

Erika Sanders

Serie

Colección Dominación Erótica

Imagen portada: @ Olexandr Taranukhin, 2020

Primera edición: Noviembre, 2020

Páginas webs de la autora:

https://twitter.com/ErikaSanders98

https://www.instagram.com/erikasamanthasanders/

Sinopsis

Richard Carrington es el dueño de una empresa que tiene graves problemas económicos.

Es probable que no puede llegar al pago de fin de mes de los empleados debido a ello.

La única solución para salvar la empresa es una hermosa ejecutiva que le propone un pacto: Dinero a cambio de un favor

¿A cuánto estará dispuesto llegar Richard a cambio de poder mantener su empresa a flote?

Ejecutiva dominante es una novela de fuerte contenido erótico BDSM y, a su vez, una nueva novela perteneciente a la colección Dominación Erótica, una serie de novelas de alto contenido BDSM romántico y erótico.

Nota sobre la autora:

Erika Sanders es una conocida escritora a nivel internacional que firma sus escritos más eróticos, alejados de su prosa habitual, con su nombre de soltera.

Páginas web de la autora:

https://twitter.com/ErikaSanders98

https://www.instagram.com/erikasamanthasanders/

Correo electrónico de contacto:

erikasanders98@gmail.com

EJECUTIVA DOMINANTE
POR
ERIKA SANDERS

CAPÍTULO 1

Hay momentos en tu vida en los que te encuentras en el límite.

Tu estómago se siente como si estuviera siendo aplastado por una manada de elefantes, y no estás seguro de que despertarte por la mañana sea lo mejor para ti.

Actualmente estoy en esa circunstancia.

Es como si me encontrara al borde de un acantilado.

Miro con temor a las rocas irregulares que están debajo y rezo por un salvavidas.

Me duele aún más saber que es probable que me lleve a mucha gente buena por delante conmigo.

Personas que no tienen idea de que se están balanceando en el borde del mismo precipicio.

Sonreí y saludé con la cabeza a Janeth, nuestra secretaria, mientras pasaba por su escritorio.

Pasé semanas convenciéndola de que dejara su posición segura y bien financiada en un bufete de abogados y se vinera con nosotros.

Las promesas de opciones sobre acciones y la riqueza más allá de sus sueños finalmente la convencieron de correr el riesgo.

Ella era maravillosamente organizada, alguien a quien necesitábamos profundamente.

Si revisara su escritorio, podría estar seguro de que estaría todo bien ordenado y sin ninguna grieta.

Mi corazón se detuvo por un momento cuando vi las fotos de sus tres hijos en la esquina de su escritorio.

Una madre soltera con todas las pruebas que conlleva.

Y me la llevaré a ella y a sus hijos por el acantilado.

Me sentía enfermo otra vez.

Entré en mi oficina, bueno, más como un cúbico en el centro del plan de la oficina abierta.

Podía revisar a toda la compañía desde aquí.

Simplemente me incorporaba y hacía una revisión de trescientos sesenta grados para ver a todos trabajando duro.

Me senté y me escondí.

Todo se derrumbará el lunes.

No estaba seguro de poder pagar la nómina.

El estrés me golpea en una ola.

Rápidamente me detuve a mirar mi bote de basura y tiré mi desayuno.

Janeth entró corriendo mientras estaba ocupado cerrando el forro de plástico.

"¿Está bien, señor Carrington?" preguntó con preocupación maternal.

'No, voy a arrojarme por un precipicio después de atropellarlos a todos', pensé para mí.

"Solo había algo malo en mi desayuno", mentí.

"Hay algún tipo de gripe por ahí", agregó Janeth, "tal vez debería tomarse un día libre y ponerse bien".

La idea de esconderse en casa era muy atractiva, pero no podía hacer nada desde casa.

Necesitaba más capital de inversión para ayer.

Todos mis cauces normales se habían secado.

"No, estaré bien", dije, "Voy a lavar esto un poco y ya vuelvo".

Ella intentó no respirar mientras pasaba con el bote de basura en mis manos.

La mirada de preocupación de Janeth era difícil de ignorar.

Ella, de todas las personas, tenía la imagen más cercana de la condición de la compañía, pero no sabía que el pago de un préstamo de medio millón de dólares vencería el lunes.

Ella sí sabía, sin embargo, que el banco y yo habíamos tenido algunas llamadas acaloradas.

'No hay prorroga' fue la última palabra.

No se necesitaba un lector de mentes para darse cuenta de que algo no estaba bien.

Tenía una reunión con un capitalista de riesgo bastante delicada en una hora.

Era un tiro al azar, pero necesitaba disparar hacia algún lugar.

En este punto, estaba dispuesto a intercambiar lo que fuera con cualquiera que estuviera dispuesto a apuntalar las finanzas.

Solo necesitaba tiempo.

Solo faltaban seis meses para un buen flujo de caja.

Pasé junto a Ralph Seams y sus muchas pantallas de código fuente.

El hombre vivía en un mundo binario.

Llevarlo con nosotros fue una de mis mejores victorias.

No tenía idea de cómo podía lidiar con cuatro pantallas planas llenas de galimatías, pero su magia siempre parecía funcionar.

Apenas llegué al baño cuando recordé su auto nuevo, su nueva casa, y su nueva esposa.

Me revolucionó la bilis de la manera más dolorosa.

Me merecía el dolor.

Debería haberme dolido más.

El barco se estaba hundiendo y me había olvidado de comprar botes salvavidas.

Me tomó unos minutos recuperar mi compostura.

Me lavé la cara y me sobrecogí ante mis ojos rojos y sin sueño.

Estaba a un paso de ser un extra de un capítulo de 'The Walking Dead'.

No es de extrañar que Janeth pensara que tenía gripe.

Me enjuagué la boca un par de docenas de veces y alisé mi cabello.

El hombre en el espejo se veía diez años mayor que hace un mes.

Tomé un par de respiraciones profundas y reduje mi ritmo cardíaco a un nivel manejable.

Yo era el capitán de este barco que se hundía.

Necesitaba mantenerlo unido.

Era mi confianza lo que todos necesitaban ver.

Era lo que tenía que reflejar cuando intentara impresionar en la próxima reunión.

Me quería de vuelta a ser el mismo.

La fuerza motriz que había puesto esto junto no tenía miedo.

Metí lo inevitable en el fondo de mi mente.

Era solo miércoles, y había mucho tiempo para arreglar un desastre de medio millón de dólares.

Después de sacudirme una mañana de autodesprecio, salí del baño con coraje.

Tenía sonrisas para todos.

CAPÍTULO 2

Cuando Virginia Buttingson entró en las oficinas, el ruido normal del lugar pasó al silencio.

Era una mujer imponente y controlaba una gran cantidad de dólares de un capital de riesgo.

Estaba vestida para conquistar con una ajustada falda azul marino y una elegante blusa blanca con una bufanda roja acampanada.

Llevaba un cinturón de cuero con anillos entrelazados y se ataba el atuendo con una chaqueta de traje azul marino corta e inclinada.

Su meticuloso cabello castaño estaba en medio rizo, separado de su rostro y se mantenía detrás de sus hombros con un pequeño lazo azul marino.

El lápiz labial rojo fuerte y el rímel oscuro le deban una mirada exigente.

Parecía estar en sus cuarenta y pocos.

Sus agudos ojos parecían estar criticando cada rincón de la oficina.

Detrás de la señora Buttingson caminaban tres individuos con la típica pinta de abogados: Todos hombres y todos en traje negro.

Estaban casi bloqueando el pasillo, por lo que fueron conducidos a la sala de conferencias.

Respiré hondo y llevé a mi yo peleador de negocios a salir a la superficie.

Realmente me sentía como si yo tuviera a un par de tipos en traje detrás caminando conmigo, así que no me sentí tan superado en número.

Las presentaciones se realizaron sin problemas y entré en un espectáculo de perros y gatos.

Expuse durante treinta minutos para promocionar la viabilidad de nuestra solución de software basada en la nube.

Tenía todos los números y cuadros en la mente, junto con una gran cantidad de datos de marketing, estructuras de costos maravillosamente desarrolladas y una lista de socios de grado A.

Estaba a punto de entrar en una demostración del software real cuando de repente me detuvieron.

"No me está diciendo nada que no sepa", dijo Buttingson sin rodeos.

Estaba esperando que ella continuara, posiblemente diciéndome lo que quería saber.

En cambio, recibí un silencio mortal y sus fuertes ojos llenaron de agujeros mi anterior confianza.

"¿Qué información adicional está buscando, señorita Buttingson?" Le pregunté de la manera mejor posible.

Mantuve mi rostro firme, queriendo que ella viera que nada de lo que ella pudiera decir o hacer me inquietaría.

"Su nivel de desesperación", respondió ella rápidamente.

Sus ojos nunca dejaron los míos y no había humor en sus labios.

Ella me había calado.

"No estoy seguro de saber a qué se refiere", repuse, tratando de mantenerme firme.

Las visiones de mi desayuno en el basurero volvieron a golpearme.

"¿Podemos tener un momento en privado?" Era una orden para sus tres sombras de traje negro.

Se levantaron como una sola y salieron de la habitación.

Cuando la puerta se cerró tras ellos, su atención volvió a mí.

"El lunes estarás acabado. Vendrás aquí y les dirás a todas estas personas que pusieron su fe en ti que los estás jodiendo. Mis contadores me dicen que ni siquiera podrás hacer la nómina final".

Mi estómago envió un poco de bilis.

La ahogué de nuevo.

"No sé de dónde obtiene su información, pero ..." Empecé a defender a la compañía, pero ella me detuvo con una mano levantada.

"No me des una excusa de mierda". Parecía saber mis problemas al detalle. "Pero puedo hacer que todo desaparezca. Dormirás bien por la noche y esta gente no te considerará escoria de la suela de sus zapatos. Solo tenemos que llegar a un acuerdo".

Joder, no estaba preparado para esto.

Ella sabía que me tenía atrapada y que estaba a punto de ser jodido de manera capital.

Nunca me sentí tan minúsculo en mi vida.

Me enderecé y me puse en guardia.

"¿Qué tienes en mente?"

No iba a perder más tiempo tratando de maquillar más las cosas.

Ella ya sabía que estaba nadando en medio de la oscuridad.

"Tengo dos opciones para ti, ninguna de las cuales te gustará", declaró con determinación. "En la primera opción, espero hasta el lunes, cuando el banco solicita su préstamo y recojo las piezas de lo que quede de la compañía. Creo que tiene aquí un buen producto y debería poder conducirlo a la rentabilidad en un plazo de seis a doce meses. Puedo recortar los salarios de los empleados que me sean útiles y despedir a los que me sobren. No sería un ganar-ganar ya que todos te culparán del desastre".

Esperaba una sonrisa malvada, pero solo veía la misma cara de negocios.

La odiaba por tener el dinero para ser tan cruel.

"Eso sería muy desagradable", dije firmemente.

Ahora recibí una sonrisa.

No era malvada, era ganadora.

Creo que ella disfrutaba de mi desesperación, pero quería darme una salida.

No tuve que esperar mucho para la opción dos.

"En la segunda opción, firmo y extiendo su préstamo y le doy quinientos mil adicionales en capital de trabajo".

Su sonrisa aumentó.

Hasta ahora, yo estaba con ella en esta opción.

Estaba esperando la parte de "chantaje".

"A cambio, tengo un cuarenta y nueve por ciento de acciones y ..." hizo una pausa y bajó la voz, "algunas consideraciones adicionales".

Podría vivir con la pérdida de acciones.

Realmente no tenía otra opción y estaba sorprendido por el hecho de que ella no quisiera controlar la compañía interés.

El capital restante, el cincuenta y uno por ciento, fue una grata sorpresa, pero las "consideraciones adicionales" sonaban casi ilegales.

He sorteado leyes, pero no estaba a favor de romperlas.

"Defina 'consideraciones adicionales'", pedí en un tono menos autoritario.

Ella se puso de pie y caminó hacia mí de una manera poco profesional.

Su sonrisa pasó de ganadora a cruel y se unió a sus ojos.

"Los hombres como tú me intrigan". Ella movió su cara incómodamente cerca de la mía. "Eres inteligente, motivado y te encanta estar a cargo. Es lo que finalmente conducirá al éxito de tu compañía. Me gusta tratar con hombres como tú. No en negocios, sino en privado".

Hizo una pausa y yo tragué saliva.

Sus tacones hicieron que sus ojos estuvieran al nivel de los míos, lo que hacía difícil tratar de sentirse superior.

"Te doy lo que quieres y tomo lo que quiero".

Se volvió de repente, volvió a su asiento y se sentó.

Me di cuenta de que dejó un ligero aroma a almizcle a su paso.

"¿En privado?"

Quería que esto fuera claro.

No estaba seguro de lo que esperaba, pero tenía que ser mejor que decirle a Janeth que estaba desempleada.

"Muy privado."

Su sonrisa y sus ojos se suavizaron.

Estaban casi invitando.

"No puedo prometer que te guste, pero lo haré".

No podía creer que estuviera considerando esto.

Ella no era ya dura con los ojos y no era tan vieja.

Ella no podía llevarme más de diez años conmigo.

"¿Qué se esperaría de mí?" Pregunté.

Todavía estaba tragando fuerte.

No estaba acostumbrado a estar tan fuera del control.

Tal vez la quiebra sería mejor que esto.

Su sonrisa se volvió lujuriosa.

"Serás mi puta obediente"', dijo y se encogió de hombros. "Un par de veces al año, hasta que me aburra contigo. Los demás acuerdos comerciales permanecerán intactos cuando termine contigo".

La palabra 'puta' me resonó en la mente.

"Me obedecerás completamente durante veinticuatro horas; no se producirá ningún daño físico permanente, pero solo mi placer importará".

CAPÍTULO 3

"No estoy seguro de poder cumplir con eso".

Me propuse la idea para intentar una pequeña negociación, tal vez tratar de establecer algunos límites.

"Es todo o nada, señor Carrington. Intercambie un poco de orgullo personal conmigo y su orgullo público quedará intacto".

Ella no estaba dejando nada abierto a la negociación.

Yo estaba jodido de cualquier manera.

"Necesito una decisión. No estoy interesada si no está completamente comprometido".

No tenía demasiadas opciones y tampoco tenía tiempo.

Me imaginé enfrentando la vergüenza de la bancarrota y fallando a mis empleados.

El tiempo y el capital de trabajo que ofrecía harían que la empresa brillara como nunca antes.

Podría ser una puta por veinticuatro horas.

Soy adicto al éxito.

"Trato hecho", fue todo lo que dije.

"Bien", dijo y buscó en su maletín, "aquí hay una clave con mi dirección adjunta. Estará allí este sábado a las nueve de la mañana. Nadie más deberá conocer esta parte de nuestro acuerdo". Ella me dio esa cálida e invitadora sonrisa de nuevo. "Llamemos a los chicos para que revisen el papeleo".

Tomé la llave y la guardé en el bolsillo.

Me sentí consternado al descubrir que la señora Buttingson lo había dejado claro todo en los documentos.

Ella podría ejercer el derecho de dejarlo todo, sin aportar ninguna razón, el próximo lunes.

De repente, sentí que me llevaban de la mano.

Y con los demás en la sala, nuestra conversación fue menos franca.

"Es que debo tener el fin de semana para considerar las opciones", dijo, "tengo que asegurarme de que ambos podamos cumplir con nuestros compromisos".

"¿Cómo protege eso mis intereses?" Contesté: "Tengo la intención de implementar completamente todas las condiciones del contrato, verbales y escritas. No tengo ninguna garantía de que hará lo mismo".

No tenía idea de cómo construir la confianza necesaria para hacernos felices a los dos.

Después de este fin de semana, podríamos tener la confianza necesaria, pero hoy había poco de ella.

"Haré que su préstamo sea extendido por un mes de buena fe, sin compromisos", respondió ella.

"Aceptado." Sonreí.

Puede que por otro mes no valiera la pena soportar su fin de semana, pero al menos eso me daba algo de tiempo para encontrar otra solución si todo esto se desmoronaba.

Me sorprendió la rapidez con la que ella pudo ampliar el préstamo con solo una llamada telefónica.

Yo había estado intentándolo durante cuatro meses, suplicando a oídos sordos.

Una llamada de ella y tuve otros treinta días.

Tienes que respetar, u odiar, ese tipo de poder.

Y me apunté a la prostitución unos minutos después.

No estaba escrito en los acuerdos, pero se sostenía sobre mí como un yunque.

Yo era suyo o estaría en la posibilidad de ser golpeado hasta morir por las personas que arrastraba conmigo a la ruina.

Me quité un peso de encima, pero otro tomó su lugar.

Nos despedimos con toda la cordialidad de ser unos nuevos socios comerciales.

Mi compañía sobreviviría mientras yo pudiera aceptar sus condiciones.

CAPÍTULO 4

El sábado llegó mucho más rápido de lo que hubiera deseado.

¿Cómo se prepara uno para ser una 'zorra obediente'?

No tenía ni idea de haber buscado ese tipo de compañía una vez antes.

Esa clase de compañía se frustraba con mi ternura y deseo de juego previo.

Siempre pienso que las mujeres son más frágiles de lo que realmente son.

Quiero decir, me gusta llevármelas a casa tanto como a cualquier tipo.

Sólo necesito su permiso primero.

Me duché, afeité y recorté un poco de vello sobrante.

Usé una cantidad considerable de desodorante y me salpiqué un poco después de afeitarme.

Al menos no olería mal.

No tenía ni idea de qué ponerme.

Me decidí por ropa de negocios casual.

Era bueno para la mayoría de las ocasiones y ocupaba el ochenta por ciento de mi guardarropa.

El otro veinte por ciento consistía en jeans y camisetas.

***

Me detuve en su casa esperando encontrarme con una gran mansión y descubrí algo mucho menos ostentoso.

Era una simple casa de ladrillo estilo colonial de dos pisos.

Tenía cuatro columnas de dos pisos que sostenían el techo sobre el porche.

Un cuidado césped y macetas de cemento llenas de flores le daban un aspecto cuidado.

Los árboles eran todos de edad antigua y prestaban una agradable vista a la casa.

Aparqué en el camino de entrada y toqué el timbre.

La señora Buttingson me abrió la puerta con una sonrisa agradable.

"Bien, llegas un poco temprano. Por favor, entra", dijo mientras abría la puerta.

El hall de entrada era estaba compuesto de dos pisos con una araña gigante que colgaba del techo.

Tenía cientos de cristales multifacéticos que reflejaban la luz de la mañana.

Parecía que el piso estaba hecho de una sola lámina de mármol, todo blanco con venas negras que no se rompían de pared a pared.

Todo se veía ostentoso de una manera rica.

Incluso los marcos que sostenían la obra obviamente cara se mezclaban perfectamente con la sensación de la habitación.

Una hermosa escalera de madera llegaba hasta abajo desde el segundo piso.

Lo único que parecía fuera de lugar era una cesta de mimbre grande y vacía al lado de la puerta principal.

"¿Nervioso?" ella preguntó.

"Aprehensivo", le contesté.

Sus labios estaban tan rojos como lo estaban en nuestro primer encuentro.

El color de su lápiz labial chocaba ásperamente con su piel pálida.

Ella había reunido su cabello en una sola trenza que corría hasta la mitad de su espalda.

"Poderosamente atractiva" vino a mi mente.

"No lo estés. Te diré lo que quiero. No pienses, solo hazlo". Ella me estaba dándome esa sonrisa amistosa de nuevo. "Es una cosa de control, me gusta controlar a los controladores".

Ahora estaba nervioso.

"¿Tenemos palabras seguras, o algo?"

Había hecho un poco de investigación con respecto a la dominación.

Había pensado que era hacia donde ella se dirigía, y acababa de confirmarme eso.

"Cada vez que sientas que es demasiado puedes irte sin problemas", dijo sin una sonrisa, "pero por supuesto que eso anularía nuestros acuerdos".

Sonreí a la situación.

A veces solo tienes que meterte en los agujeros que cavas.

Solo que tienes que hacerlo con confianza.

"Supongo que soy todo tuyo," dije encogiéndome de hombros.

"Me encantará borrar esa sonrisa de tu cara", reveló ella.

Su sonrisa era ahora más grande que la mía y ya no era amigable.

Forcé la mía para aumentarla.

Veremos cuánto de mí puede cambiar.

Ella se rió de mi pelea de sonrisas.

"Sabía que ibas a ser divertido".

El gran reloj en la parte superior de las escaleras comenzó a dar la hora.

"Quiero todas tus cosas en esa canasta. Ahí es donde deben estar hasta que te vayas", dijo, señalando hacia la canasta de mimbre.

Estaba en su poder ahora y era una orden.

"Una fácil", pensé.

Dejé mis llaves, teléfono, reloj y billetera en la canasta y me volví para mirarla.

"¡Dije todas tus cosas, puta!" Ella ordenó.

Su tono me tomó por sorpresa.

Por alguna razón, pensé que esto iba a ser un poco más cordial.

Apreté los dientes cuando me di cuenta de que se refería a mi ropa.

Sabía que llegaríamos a eso con el tiempo, pero estaba pensando en el dormitorio o algo así.

Me pasé el polo por la cabeza y lo tiré a la canasta.

Me incomodó que me hubiera movido tan rápido para realizar su demanda.

Reduje la velocidad a un ritmo más pausado: mi ritmo.

Me arrodillé y desaté casualmente mi zapato.

Escuché el zumbido antes de sentir el agudo pinchazo en mi espalda desnuda.

"¡Mierda!" Grité, más por la sorpresa que por el dolor.

"¡Más rápido, estás en mi poder, perra!" ella corrigió.

Miré la cara de un demonio.

Los mismos labios rojos, simplemente fruncidos en una expresión del mal.

En su mano, una hípica negra de unos sesenta centímetros de largo.

Al final había un trozo de cuero en bucle.

Ese fue el punto en el que comencé a cuestionar realmente la cordura del trato que había alcanzado.

El reloj ni siquiera había terminado su noveno timbre y estaba teniendo serias reservas.

Había perdido mi sonrisa.

"Y ya no habrá más arrebatos asquerosos de su boca", continuó, "usted se dirigirá a mí como Ama. ¿Entiende?".

Tuve una visión en mi cabeza de ponerme de pie y golpear mi puño en esos deliciosos labios rojos.

Pero vi a Janeth llorando y a Ralph tratando de consolar a su nueva esposa.

Mi estómago se revolvió.

"Sí", dije en voz baja y aceleré el desvestido.

El chasquido fue más fuerte y me estremecí antes de que me golpeara.

Contuve una tormenta de improperios y solo solté un pequeño gruñido.

"¿Si qué?" exigió.

Era la sumisión total.

Era contra todo en mi ser.

¿Veinticuatro horas?

No estaba seguro de que pasaría del primer minuto.

"Sí, Ama", dije entre dientes.

Rápidamente tiré mis zapatos y calcetines en la canasta y me puse de pie para quitarme los pantalones.

Su sonrisa había regresado.

De vuelta a la cálida y acogedora sonrisa.

Joder, la había complacido.

Yo la prefería a ella molesta.

Estaba enojado y era justo que ella también sufriera.

Me quité los boxers y los pantalones en un solo movimiento.

No los coloqué en la cesta.

En cambio, los tiré con una actitud de disgusto.

No me tenía que gustar.

La canasta patinó unos centímetros por la fuerza.

Recibí una sonrisa sarcástica.

No estaba seguro de si era por mi actitud o por el hecho de que mi polla ahora expuesta no mostraba gran interés por la situación.

"¡De rodillas!" exigió.

Rápidamente caí al suelo, el frío mármol aplastando mis rodillas.

Mantuve mi expresión de disgusto y miré desafiante, tanto como podía un hombre desnudo, en sus ojos.

"¡Mirada abajo!" ella ordeno.

Esta vez me moví lentamente.

Me aseguré antes de darle una mirada ominosa cuando mis ojos se movieron de los suyos, bajaron por su pecho, pasaron por su pelvis y terminaron a sus pies.

Ella era bastante delgada y apta para los cuarenta.

'Puta de cuarenta años', me corregí.

Se inclinó junto a mi oído.

"Quédate así. Mientras me preparo piensa en una buena disculpa con la canasta por lo que ha pasado", susurró con fuerza.

Su aliento caliente envió un escalofrío por mi espina dorsal.

Sus palabras enviaron furia a través de mi sangre.

Joder si me voy a disculpar por una canasta.

Ella se dirigió hacia las escaleras.

CAPÍTULO 5

La zorra me dejó allí, arrodillado sobre el frío mármol, durante quince minutos.

Lo sabía, porque hice trampa mirando el reloj en la parte superior de las escaleras.

Tenía que mostrar mi rebelión donde pudiera.

Sólo quedaban veintitrés horas y tres cuartos.

Mi cabeza estaba abajo, pero mis ojos se filtraron secretamente hacia arriba cuando el demonio bajó la escalera.

Esperaba algún tipo de atuendo ajustado de látex negro con tacones de punta larga.

Pero no esperaba lo que bajaba por las escaleras.

Estaba completamente desnuda.

Nada, ni siquiera joyas o adornos.

Su mano aún sostenía el látigo maldito con confianza.

Maldije a mi polla cuando comenzó a responder a sus pechos que rebotaban ligeramente con cada paso que daba.

Ella estaba caminando por las escaleras, mostrando a las claras el resultado de cualquier programa de ejercicios que ella realizara también.

"Perra, perra, perra", corregí mi cerebro.

Mi polla me ignoró como un traidor baboso.

Se paró frente a mí, mi cabeza apuntando a sus pies, mis ojos escudriñando entre sus piernas.

Me odiaba por querer ver.

Ahí estaba, a cincuenta centímetros de distancia, una linda hendidura sin vello, desnuda como el día en que nació.

Tragué antes de babear y obligar a mis ojos a volver al suelo.

'Perra, perra, perra. Y follando mi polla traidora'.

"¿Tu disculpa?" Sonaba como una pregunta, pero sabía que era una orden.

Me había olvidado por completo de idear una.

Es sólo una cesta de mierda.

"Lo siento, canasta," murmuré.

No podía creer lo vergonzoso que era decirlo.

El chasquido me advirtió una vez más lo que venía.

"¡Eso ... no ... suena ... sincero!"

Hizo hincapié en cada palabra con un azote punzante del látigo a mi muslo y costado.

Uno a la vez era manejable.

Yo involuntariamente arrugué mis ojos y apenas aprecié la ráfaga de golpes.

Visiones de agarrar la cosa de su mano y lanzar latigazos a través de su cuerpo inundaron mi cerebro.

¿Por qué estoy de acuerdo con esto?

Hizo una pausa, asumí que me dejaría intentarlo de nuevo.

Dejé que mis ojos se alzaran un poco, más para ver si se avecinaba otro golpe.

Lo que vi era algo brillando en los labios de su vagina.

Mi dolor la excitaba.

Esto era un perder-perder, no importa cómo reaccioné.

"Lo siento mucho, señora canasta. Nunca volveré a faltarle el respeto".

Lo saqué de la parte superior de mi cabeza y lo enuncié claramente.

La bruja se agachó a mi nivel.

Vi brevemente como sus labios inferiores se separaban y mostraban la flor rosa húmeda.

Levantó mi barbilla y forzó mis ojos a los de ella.

"Te creo", dijo con esa sonrisa amorosa.

Maldita sea, la hice feliz de nuevo.

Y esos jodidos labios rojos brillantes estaban a centímetros de los míos.

Los quería entre mis dientes para poder morder y ver si su sangre era tan roja.

Estaba seguro de que mi ira era evidente en mi cara.

Su sonrisa aumentó cuando sus ojos cayeron entre mis piernas.

Mi polla había decidido ignorar mi ira y disfrutar de su desnudez.

"Toca eso y te mostraré la verdadera ira", subrayó con los labios rojos rubí.

Ella enfatizó su punto tocando ligeramente mi erección con el extremo de cuero del látigo.

Me estremecí por las implicaciones.

Mi polla traidora se movió ante la atención.

'Jódeme me', fue todo lo que pude pensar.

Ella se levantó mientras inclinaba mi cabeza hacia el suelo.

Mis ojos volvieron a fijarse en sus pies, observando que las uñas de los mismos estaban impecablemente pintadas con un pulido rojo brillante.

"Sígueme", me ordenó y se dirigió a las escaleras.

"Sí, señora", dije sin pensar.

Cerré mis manos en puños para castigarme por caer en su juego.

Me dolían las piernas cuando me levanté.

Éstas no disfrutaron mucho de la posición de rodillas y se quejaron hasta que pude enderezarlas nuevamente.

Subiendo las escaleras conseguí que la sangre fluyera a través de ellas y recuperaran su vigor.

La seguí por detrás subiendo los escalones con inquietud.

Me imaginaba situaciones con algún tipo de cámara de tortura.

Y ver su culo apretado no estaba ayudando nada en la situación.

Con cada paso se balanceaba hacia la izquierda o hacia la derecha, pero nunca rebotaba.

Era como una almohada firme que rogaba ser acariciada.

Me quedé con las manos quietas y traté desesperadamente de ignorar la vista.

'Perra, perra, perra'.

CAPÍTULO 6

La seguí por el pasillo hacia una habitación en el otro extremo.

La aprehensión me volvió a golpear fuerte.

Ahí es exactamente dónde estaría una sala de sexo privada.

Lejos del paso habitual donde no era probable que los invitados tropezaran.

Mi corazón se aceleró un poco.

La idea de estar atado a algún artefacto extraño con la bruja demoníaca en total control no era una idea muy agradable.

Podría jugar a ser sumiso, pero no creo que pudiera llegar hasta el final.

Reduje mis pasos, tratando de darme algo de tiempo para pensar.

Ni siquiera había pasado una hora completa.

La vi desaparecer en la habitación.

Me detuve, cerré los ojos y traté de pensar hasta dónde estaba dispuesto a llegar.

Estaba dispuesto a seguir adelante siempre que pudiera detenerlo si así lo deseaba.

Esa era la línea que no estaba dispuesto a cruzar.

Ser esclavizado no era una opción.

Incluso si tuviera que esperar en la fila de desempleados, no le iba a dar eso a ella.

Mi orgullo volvió con fuerza.

Caminé hacia adelante con un propósito.

Esto estaba comenzando a terminar ahora.

Entré en la habitación y perdí el hilo de mis pensamientos.

La habitación era amplia y luminosa.

Dos puertas francesas se abrían a un balcón que estaba cubierto con macetas de flores de colores que daban a la habitación su perfume.

Había una cómoda blanca con botellas y lociones y una pila de toallas blancas frescas.

En el centro de la habitación había una mesa de masaje.

Y ella estaba recostada sobre su estómago con la cabeza sobre una almohada pequeña, sus ojos mirándome como dagas.

"¡Muévete, puta!" Ella escupió, "el aceite caliente está en la cómoda".

Un masaje lo podría hacer.

Si evitase sus ojos malvados, se vería deslumbrante sobre la mesa.

Tenía la curva correcta en la parte baja de la espalda para acentuar su trasero.

Sonreí a mi suerte.

"Lo siento, Ama", dije moviéndome rápidamente por el aceite.

Ella me dio un golpe en el culo con el látigo cuando pasé.

Por ello di un pequeño estremecimiento que pareció satisfacer su necesidad de castigar.

En verdad, no hubo ninguna fuerza detrás de eso.

Si se piensa bien, yo estaba al cargo ahora.

Su piel estaba a mi merced.

Ni siquiera me disgusté con mi polla, ya que se esforzaba por resaltar la belleza que tenía ante mí.

Tiré una toalla sobre mi hombro y saqué el dispensador de aceite caliente del calentador.

Podía oler el aroma a lavanda que el aceite estaba emitiendo cuando me moví hacia la mesa.

"Empieza con mis brazos", me dijo con voz suave.

Dejó el látigo en uno de los extremos de la mesa y colocó ambos brazos a lo largo de sus costados.

Eché un chorrito de aceite en mis manos y las froté para obtener un buen y uniforme compuesto.

Comencé en su mano derecha, específicamente la palma, con mis pulgares.

Sabía una o dos cosas sobre cómo dar un masaje.

He tenido algunos muy buenos y recordaba como se hacía.

Una vez tuve uno en un crucero que prácticamente me llevó al cielo.

Esa mujer mayor en sus sesenta años tenía las manos de un ángel.

Ella convirtió todos mis músculos en gelatina.

Trataría de duplicar sus talentos esta ocasión.

La señora Buttingson gimió mientras arrastraba mis pulgares sobre su palma.

Sentí que los músculos de su mano abandonaban su estrés.

Me moví hacia la muñeca después de otra capa de aceite, amasando suavemente, aumentando lentamente la presión al llegar al antebrazo más carnoso.

La vi respirar lentamente y ella reajustó su cabeza para su mayor comodidad.

Ella estaba deshaciéndose en mis manos.

Apliqué más aceite y trabajé en círculos lentos alrededor de su bíceps mientras miraba su trasero.

Realmente era una cosa de completa belleza.

Me moví alrededor de su cabeza, más allá del látigo ocioso, hacia su mano izquierda.

Repetí el proceso en ese brazo con más gemidos dados por la diablesa por respuesta.

Mi cabeza estaba flotando con visiones de agarrar el látigo y pintar unas buenas rayas en su culo firme.

Fue en ese momento cuando me di cuenta de que me estaba poniendo un poco nervioso.

Había estado en esto durante unos quince minutos y me sentía como si ya llevara un siglo en este juego.

"Deja de mirar mi culo", ordenó.

Me di cuenta de que sus ojos estaban mirando los míos.

"Es difícil de ignorar, Ama", dije y sonreí.

Pienso que dos podrían jugar a este juego.

No había dicho nada malo y acababa de darle un cumplido velado.

Tal vez pensaba que le había dicho que su trasero estaba bien, o era demasiado grande, o solo quería decir que estaba desnudo.

Pude notar los pensamientos detrás de su mirada y disfruté de su confusión.

Me moví sobre su cabeza, me cubrí las manos con más aceite y comencé a trabajar sobre sus hombros.

"¿Por qué es difícil de ignorar?" preguntó con un tono que sonaba un poco amenazador.

El largo retraso entre mi declaración y su pregunta fue delicioso.

Todas las mujeres dudan de sus cuerpos.

Incluso una perra rica y poderosa como ella.

No hacía falta ser un genio para saber que había golpeado en un punto débil.

"No soy yo quién para decirle, Ama".

Lo esquivé como un sirviente de principios del siglo XIX.

Tenía poco poder en la relación, pero agarraría lo que pudiera.

Sabía que esto podría estallar en mi cara, pero qué demonios.

Algunos riesgos son más divertidos que otros.

Ella gimió mientras yo amasaba firmemente detrás de sus orejas y a lo largo de su cuello.

"Déjate de jodiendas y responde", suspiró.

Era difícil para ella enojarse mientras trabajaba su cuello.

Podía sentir los músculos perdiendo su deseo de permanecer despiertos.

"Bueno, se destaca un poco, señora", me arriesgué.

Sabía que ahora mismo la situación se estaba inclinando hacia el lado malo del espectro.

Podía sentir los músculos tensándose bajo mis dedos.

Puede que haya llevado las burlas un poco demasiado lejos.

Me incliné hacia su oreja y susurré:

"Porque es jodidamente perfecto".

Omití a la Ama solo para burlarme de ella.

Quería ver cómo manejaría un cumplido mezclado con insubordinación.

Levantó la mano lentamente, agarró el látigo y me tocó ligeramente el muslo.

"Es jodidamente perfecto, Ama", reiteré.

"Entonces tienes mi permiso para mirar mi trasero", dijo en tono somnoliento y devolvió el látigo y su mano a la mesa de masaje.

Vi una media sonrisa y supe que debajo de su duro exterior yacía una mujer tímida.

Un punto para mí.

Comencé a trabajar en su espalda.

Puse mis manos engrasadas por su columna vertebral justo por encima de su trasero.

Luego regresé a lo largo de los lados hasta la parte superior, apenas raspando los lados de sus pechos aplastados.

Mi imaginación se activó y vi esos labios rojos rubí rodeando mi polla mientras me movía de un lado a otro a lo largo de su espalda.

Solo le habría tomado un poco de inclinación de su cabeza para lograrlo.

Rápidamente me moví de nuevo a su lado para sacar la imagen de mi cabeza.

Tenía una gran necesidad de lidiar con mi erección.

Pasé otros diez minutos en su espalda antes de ponerme de pie.

Si realmente quieres relajar a alguien, prueba un masaje con aceite caliente en las plantas de los pies.

Casi la dormí mientras trabajaba en los dedos de los pies y le frotaba las plantas con los pulgares.

Incluso pude calmar mi erección, al menos hasta que miré hacia arriba.

Acurrucada entre sus muslos, justo debajo de su trasero perfecto, se expuso parte de su íntima flor.

Sentí que una punzada volvía a excitar mi polla.

Traté de mirar hacia otro lado, pero había un brillo acogedor en los labios expuestos.

Estaba mojada y yo estaba caliente como el Infierno.

Labios preciosos, culo perfecto y coño brillante, esto era más de lo que un hombre debería soportar.

Me obligué a mirar sus pies y doblé mis esfuerzos.

No pasó mucho tiempo antes de que mis ojos volvieran al ápice de sus muslos.

Mis bolas me empezaban ya a doler.

Me moví hacia un lado y comencé a trabajar en la parte inferior de su pierna.

Ella restableció su posición sobre la almohada con los ojos cerrados.

Solo podía ver su maravilloso culo ahora.

Ambos conjuntos de labios estaban ocultos de mí, lo que ayudó un poco.

Volví mi mente a los negocios.

Pensé en lo que se podría hacer con el nuevo capital de trabajo.

Podría aumentar el marketing y, por lo tanto, aumentar las ventas una vez que estemos de nuevo en marcha.

Podría contratar para Ralph algo de ayuda y acelerar el desarrollo final.

Había una empresa especializada en interfaces de usuario que podría mejorar la experiencia del usuario.

Esos pensamientos no disminuyeron la hinchazón, pero sí que calmaron los impulsos inmediatos.

Otros quince minutos y solo su culo no estaba aceitado.

Por mucho que quisiera amasar esa carne apretada, no creía que mis pobres bolas pudieran soportarlo.

Tampoco estaba seguro de si su vuelta me iba a hacer ningún favor.

Tal vez la hora que ya había pasado con ella sería suficiente.

"Estás ignorando mi culo adrede", dijo con desdén.

Dejé de respirar por un momento mientras miraba su tensa perfección.

Ya era hora de un poco de verdad.

"Es que voy a explotar, Ama", dije con renuencia.

Esperaba que ella mostrara algo de misericordia.

Diablos, eso me aliviaría.

Levantó la cabeza perezosamente y miró entre mis piernas.

Seguí su mirada.

Había una larga cadena de líquido preseminal claro desde la punta de mi polla hasta el piso, terminando en un pequeño charco.

"Oh," dijo ella con poca compasión, "por el bien de sus empleados, espero que no lo pierda todo antes de que se acabe el tiempo". Ella apoyó la cabeza en la almohada. "Siga con el trabajo."

'¡Maldita puta!' Me dije a mí mismo.

Casi lo exprese en voz alta, pero su referencia a mis empleados me hizo retenerlo.

Era una puta demoníaca sexy y malvada.

Nunca había estado tan rebajado en mi vida.

Volví a recubrir mis manos con aceite, cerré los ojos y amasé esas magníficas nalgas.

Intenté imaginarme amasando masa de pizza.

No funcionó.

Terminé mordiéndome el interior de mi mejilla hasta que probé la sangre.

La odiaba con una pasión en ese momento.

Estaba empezando a pensar que mis pensamientos anteriores de la mazmorra hubieran sido preferibles.

El dolor me ayudaba así que me mordí la lengua.

Difícil.

Apliqué más aceite y decidí causar un revuelo.

Esta vez pasé el lado de mi mano entre sus nalgas, deliberadamente a lo largo de su ano.

No lo hice tiernamente y no fingí que fue un accidente.

Vi sus pies saltar.

No más de esta mierda lenta y tierna.

Mi polla me estaba matando y la ira y el dolor eran las únicas cosas que me daban un ligero respiro.

A propósito, arrastré mi mano hacia la grieta y me aseguré de que su ano no fuera ignorado.

Vi su cuerpo entero contraerse y su cabeza se levantó.

Ella se puso de lado, el culo lejos de mi alcance.

"De rodillas!" ella gritó.

Caí de rodillas y dejé caer mis ojos al suelo.

No podía creer lo duro que estaba respirando.

Al menos ya no podía ver su desnudez.

Mi pobre polla se movía, pidiendo alivio.

Cerré los ojos y recé por dolor.

Escuché el zumbido y no me inmuté cuando me golpeó en la espalda.

Disfruté del dolor.

Me apoyé en eso.

Fue una distracción maravillosa.

Un sonido salió de mi boca, no un gemido, más sino un gemido de alivio.

Otro zumbido, más poderoso que el primero, silbó junto a mi oído y me golpeó en el pecho.

Esta vez emití un "ahhh" cuando la sangre comenzó a irse de mi polla y volver a mi cuerpo.

No hubo un tercer golpe, aunque deseé un tercero.

"Más", le rogué.

Tenía que perder mi lujuria.

Había llegado tan lejos que decidí que no me detendría ahora.

Quería que la pasión me fuera arrebatada.

Me respondió con silencio.

Abriendo los ojos, miré hacia arriba.

Se puso de pie ante mí en su gloria desnuda, con esos labios llenos de rojo rubí y su látigo negro en la mano.

Tenía confusión en su rostro.

No me gustaba, aunque sabía que debía hacerlo.

"Por favor", le supliqué de nuevo.

Tenía miedo de que mis partes se rompieran.

Quería, por primera vez en mi vida, perder mi erección.

Levantó el látigo, se lo pensó mejor y la dejó caer a su lado.

"¡Ojos abajo! ¡Quédate así!" Ordenó y luego salió de la habitación.

CAPÍTULO 7

No tengo idea de cuánto tiempo se fue.

Todo lo que sabía era que el silencio y la falta de estimulación visual volvían todo lentamente a la normalidad.

Mi ritmo cardíaco bajó y sentí calma de nuevo.

En ese momento me costó entender cómo llegué al punto en que estaba pidiendo que me azotaran.

Guardé el conocimiento de que, a ella, obviamente, no le gustaba que se lo pidiera.

Había ganado otro pequeño control.

Cuando el demonio regresó, me encontró aún arrodillado y mirando el suelo.

Era una especie de posición terapéutica para mí en ese momento.

Me permitió pensar sin distracciones y el ligero dolor en mis rodillas me ayudó a bajar de mi situación preorgásmica.

Ella se recostó sobre la mesa.

"Comenzarás de nuevo", dijo ella, "permanecerás tranquilo y tus dedos serán amatorios".

Parece ser que ella tenía límites a su dominación.

Creo que ella encontró mi límite y estaba dispuesta a dar un paso atrás, pero no iba a admitirlo.

Me sorprendió escuchar la palabra 'amar'.

Eso no parecía encajar con el arreglo que ella había ideado.

Y precisamente no era una buena descripción de lo que estaba haciendo cuando ataqué su trasero.

Me puse de pie, flexionando mis rodillas, para recuperar la sangre en mis piernas.

Ella estaba magnífica acostada allí.

Sus pechos se habían relajado ligeramente hacia los costados y su cabello fluía sobre la almohada y hacia el suelo.

Se había quitado la trenza que le daba a su cabello un atractivo rizo.

Pero estaba algo tensionada.

Esta mujer estaba calculando.

Me prometí a mí mismo que seguiría siendo cauteloso.

"¿Por dónde le gustaría a mi Ama comenzar?"

Estaba de vuelta a principios del siglo XIX.

Sonreí, sintiéndome más como yo era otra vez.

"Brazos, hombros, pechos, barriga y luego el coño. En ese orden", declaró sin ninguna reserva.

Mi polla dio un tirón.

'Tú, perra', pensé.

Ella estaba tratando de ser más provocativa.

Ella me iba a hacer volver otra vez a ponerme.

Ella me iba a "matar" de ansiedad.

Cuando ella dijo "amar", quiso decir matar lentamente.

"Sí, Ama", le contesté.

Me aceité las manos y traté de pensar en el béisbol.

Odiaba el béisbol.

Fui a trabajar en sus brazos, lentamente como ella exigía.

Pude mantener mis ojos alejados de sus partes y concentrarme solo donde estaban mis dedos.

Sabía que esto solo funcionaría hasta que llegara a sus pechos, pero estaba funcionando ahora mismo.

Mi polla estaba bastante agotada y, con suerte, desearía retirarse.

Por el rabillo del ojo, vi una sonrisa de complicidad.

'Perra, perra, perra'.

Cuando llegué a sus hombros, tuve que pararme sobre su cabeza.

Mi visión periférica estaba captando sus labios rubí y sus pechos.

Mi polla respetó eso tanto como si fuera una señal de ánimo.

Respiré lentamente, tratando de disminuir el ritmo de mi corazón.

Bajé los ojos y solo vi sus labios.

Esos dos hermosos labios rojos rubí.

Ella se los estaba lamiendo muy ligeramente.

Miré rápidamente a sus ojos y vi humor en ellos.

Entonces ella suspiró, separando suavemente sus labios.

Dio un largo parpadeo cuando vio como mi polla comenzaba a crecer de nuevo.

Al menos su agotamiento pudo ralentizar un poco su renacimiento.

Cuando volví a mirarle a los ojos, ella se estaba mordiendo el labio inferior con ternura.

"Ama, por favor," le rogué.

Ella me tenía y lo sabía.

Debería haber tratado de negociar más duro, tal vez menos tiempo con más frecuencia en las citas.

Veinticuatro horas parecían más allá de la resistencia normal masculina.

"Mis pechos ahora".

Ella ignoró mis súplicas y mantuvo la presión.

Su sonrisa volvió a tomar esa cualidad malvada.

Apliqué una nueva capa de aceite a mis manos.

Me detuve asegurándome de que estuvieran bien cubiertas.

Necesitaba la mayor cantidad de bloqueadores que pudieran ayudarme.

Me incliné hacia adelante y, mientras lo hacía, sentí que su pelo desplegado me hacía cosquillas en la punta de la polla.

Casi salté de mí cuando sentí la suave caricia de sus trenzas.

Una pequeña media risita escapó de los labios de la perra.

Comencé a moverme a su lado, lejos de esas hebras de color marrón cosquilludas.

"Permanece donde estés y concéntrate en los pezones", ordenó. "Y con ternura", agregó, probablemente recordando mi trabajo anterior.

Tratando de no mover mi pelvis de ninguna manera, comencé a masajear sus pechos con ternura.

Con cuidado puse los pezones entre mis dedos índice y pulgar.

Sentí su cabello arrastrarse a través de mi creciente erección.

"Mmmm, eso se siente bien", susurró mientras movía lentamente la cabeza a derecha e izquierda, arrastrando su cabello de un lado a otro.

"Ama, por favor," le rogué de nuevo.

Mi polla estaba empezando a ganar su vigor anterior por lo que la situación bordeaba al miedo.

No estaba seguro de cuánto podía soportar antes de que se estableciera de nuevo el daño físico.

Quiero decir que el dolor de bolas era una cosa, pero el abusar de ello tenía que ser perjudicial para la paternidad.

"El vientre ahora", instruyó y señaló a su lado derecho.

Suspiré cuando me moví rápidamente hacia un lado y refresqué mi aceite.

Tenía la intención de pasar todo el tiempo posible ahí.

Si entornas los ojos correctamente, puedes formar un pequeño túnel de visión que cancela casi por completo tu visión periférica.

Aprendí esa habilidad en ese momento.

Sus tetas y su coño se desvanecieron de la vista y me concentré felizmente en su vientre.

Tenía que apreciar el éxito de cualquier programa de ejercicios en el que estuviera apuntada.

Podía sentir los músculos debajo de la piel.

Si ella fuera un hombre, habría tenido un paquete super plus.

"Supongo que, siendo hombre, tienes pensamientos sobre mis turgentes pechos", dijo en tono de conversación, "probablemente te gustaría saber cómo sería deslizar tu polla entre ellos".

Las visiones volvieron a invadir mi cerebro.

Bajé los ojos y no vi nada más que pechos resbaladizos y brillantes.

"¡Oh, Dios!" Exclamé mientras la sangre inundaba mi polla de nuevo.

Ella ignoró mi falta de servilismo en mi lenguaje.

"Sospecho que sería cálido tener tu polla envuelta entre ellos. ¿Cuánto tiempo crees que podrías durar antes de que te vacíes en mis labios?"

Su tono era indiferente.

Mis rodillas se estaban debilitando y me sentía un poco mareado.

Cerré los ojos y comencé la hiperventilación.

Estaba luchando duro para sacar de mi mente la imagen de sus labios cubiertos de semen.

Es extremadamente difícil no pensar en algo así cuando te lo están contando.

"Aceite en mi coño ahora," ella instruyó.

Levantó las rodillas y separó los muslos.

Estaba trabajando duro para debilitar mi erección mentalmente mientras volvía a engrasar mis manos.

Y estaba fallando miserablemente.

"Me gusta mucho porque nunca se sabe lo que puede pasar".

Mi polla emergió de nuevo por sus palabras.

Casi me agacho para vaciarla.

Un millón de dólares: eso era lo que significaba su contribución más la extensión del préstamo.

Era sólo un caso de bolas duras entre de un millón de dólares.

Me mordí la lengua y, con la mayor ternura posible, le masajeé el aceite en el coño.

Sentí cada cresta y el dar y recibir de sus tiernos y suaves labios.

Pero sin ver nada manteniendo los ojos cerrados.

"Usa las dos manos. Quiero que me des un orgasmo agradable y lento", ordenó.

Fui a trabajar respirando hondo, conteniendo cada respiración por unos segundos, luego soltándola lentamente.

Mi mano izquierda estaba ocupada probando su capucha para excitar su clítoris.

Lentamente inserté dos dedos de mi mano derecha en su cálida abertura.

Ella no necesitaba aceite, su tormento sobre mí fue suficiente para empapar todo su canal.

"Sí, eso se siente bien", alentó ella, "así, agradable y lento".

No iba a poder hacerlo.

Incluso con los ojos cerrados, mis sentidos sabían dónde estaban mis manos.

Iba a lanzar mi carga y aunque nunca tocaría mi polla.

Solo había una solución.

"Eres una perra!" Anuncié y moví mi trasero hacia la cabecera de la mesa.

El silbido del látigo fue casi instantáneo.

Ella estaba esperando a que me rompiera.

Esta vez le di lo que quería, grité de dolor cuando el látigo encontró mi trasero.

Sus caderas se sacudieron hacia arriba.

Grité de nuevo cuando el segundo golpe aterrizó y sentí que los músculos de su coño se apretaban contra mis dedos.

El látigo cayó al suelo mientras su orgasmo tomaba el control total de su cuerpo.

Mi mano izquierda se movía rápidamente, jugando con su clítoris, mientras que mi derecha forzaba sus dedos más profundamente.

Un fuerte gemido resonó hacia el balcón y su espalda se arqueó.

El gemido subía y bajaba en frecuencia a medida que oleadas de placer surcaban su cuerpo.

Luché por mantener el asalto con mis dedos.

Cuando sus caderas cayeron, reduje mi mano izquierda a suaves caricias.

Mi derecha fue a un lento masaje interno.

Ella suspiró ruidosamente y bajó las rodillas.

Mi necesidad se había reducido ligeramente mientras me había concentrado en la de ella.

Una extraña relación inversa.

Extraje cuidadosamente mis manos mientras su respiración se hacía más lenta.

Miré hacia abajo su cuerpo flojo y saciado y de alguna manera lo encontré hermoso.

Me agaché y recogí el látigo del suelo.

Como un idiota, se lo entregué.

"Espero que mi Ama me perdone por llamarla perra", dije con falsa sinceridad, "sentí que necesitaba un poco ... de ánimo".

Estaba preparado para un par de golpes más, bien colocados.

Valía la pena por hacerle saber que tenía su atención.

Sorprendentemente, ella tomó el látigo y palmeó mi antebrazo.

"Ese momento fue excelente", dijo con su cálida e invitadora sonrisa.

Empujé con ternura un mechón sudoroso de su cabello desde el frente de su cara hasta detrás de su oreja.

Tenía un fuerte deseo de besar esos labios rojos rubí.

Sacudí la cabeza y aparté la mirada.

La perra me había estado torturando durante más de una hora.

No iba a empezar a gustarme ahora.

Pensaré en gustarme el lunes cuando tenga un millón de dólares.

Veinticuatro horas de repente no parecía tan imponente.

CAPÍTULO 8

Se sentó en el borde de la mesa.

"Me bañarás ahora", dijo ella mientras volvía a controlarse.

Estaba rezando para que mi polla viera esto como una operación clínica.

Estaba realmente preocupado por la cantidad de erecciones insatisfechas que un hombre puede tener en un día.

Tal vez una polla podría rendirse y no volver a levantarse nunca más.

No era un fan de esta mierda de negación.

Cuando se puso de pie, su pie resbaló con algo en el suelo.

Vi la parte posterior de su cabeza moviéndose rápidamente para golpearse con la mesa.

Sin pensarlo, me acerqué y ella terminó segura en mis brazos.

Suspiré de alivio.

La adrenalina bombeada en mi sistema me hizo temblar un poco cuando la puse de pie.

Ni siquiera me di cuenta de que estábamos desnudos y que la estaba sujetando por los pechos hasta que la solté.

Era la segunda vez hoy que veía confusión en sus ojos.

Por un breve momento, ella perdió el control y yo me convertí en el controlador.

No sé por qué sentí la necesidad de meterme en un problema, pero lo hice.

"¿Tiene la Ama problemas para decir gracias?"

Sonreí cuando lo dije.

Era una sonrisa irónica que merecía una bofetada.

Quería apretar su paciencia ya que ella había estado jugando por todo el tiempo con la mía.

Recibí algo que no esperaba.

"Gracias, Richy", dijo con sinceridad.

Se inclinó hacia delante y me besó la frente.

Era el tipo de beso que una madre le daría a un niño.

La diferencia fue que mi madre nunca tuvo unos labios rojos rubí tan sensuales.

Me encontré apoyándome en ella y deseando que fuera más que el beso que era.

"Ahora limpia el piso. Tu baba de la polla casi me mata".

Su voz volvió instantáneamente a la perra.

Tomé una toalla limpia, y en manos y rodillas, comencé a limpiar los pequeños rastros de líquido preseminal que había dejado en el suelo alrededor de la mesa.

Me pregunté si uno podría deshidratarse al perder líquido a este ritmo.

Me tomé mi tiempo con ella de pie detrás de mí.

Parecía disfrutar observándome desnudo mientras limpiaba el piso.

Disfruté reteniendo el inevitable regreso al sufrimiento.

Tal vez podría hacer algo colada o algo así.

* * *

Cuando la mayoría de las personas se bañan, se trata de una bañera con un grifo elevado o de un espacio de plástico de cuatro por cuatro.

A esta mujer le gustaban las duchas.

Era un cubículo pequeño con múltiples cabezales de ducha en dos direcciones y una especie de máquina de lluvia que colgaba como una lámpara del techo.

Había un banco, no una especie de asiento, sino un banco de mármol negro de aproximadamente metro y medio de largo que corría a lo largo de la pared.

Las paredes, el piso y el techo estaban decorados con azulejos estampados, no azulejos con patrones, sino patrones hechos de azulejos de diferentes colores.

Estos patrones eran de buen gusto con diferentes estilos en capas y en bandas.

Había colocadas estanterías con botellas de plástico y utensilios de fregado.

La luz natural que entraba por las ventanas escarchadas hacía que toda la habitación se viera muy atractiva.

"Wow", dije, olvidando a la 'Ama' una vez más.

Nunca me había impresionado con una ducha antes.

Realmente no sabía que podía ser impresionado por una.

No vi llaves donde esperaba que estuvieran.

Abrir y cerrar el agua era un misterio.

Una vez tuve, hace muchos años, una novia que disfrutaba mucho haciendo el amor en la ducha.

Solo podía imaginar el orgasmo que ella tendría en un lugar como este.

No había pensado en Wendy en años.

Ella me dejó por un contable que era un poco más casadero.

La ruptura fue incluso en la ducha después de un poco de sexo húmedo.

Ella quería un jugueteo más húmedo.

Estaba en su boda cinco meses después.

Era una buena chica y yo realmente le deseé lo mejor, pero las duchas nunca han sido las mismas desde entonces.

La señora Buttingson entró en el cuarto de baño y se fue a trabajar en un panel plano incrustado en las baldosas cerca del frente.

Sus dedos eran un borrón cuando practicó una serie de elecciones e hizo unas selecciones antes de que pudiera leer lo que eran.

Presionó un botón verde digital que apareció y la pantalla se volvió negra.

El agua comenzó a llover desde el techo de manera suave, pero obviamente fluida.

Ella se quedó en la entrada, esperando.

Me encogí de hombros y esperé con ella.

Fue tal vez quince segundos después cuando escuché el comienzo de la sinfonía.

Era una que creía reconocer, posiblemente de Mozart.

Tenía que ser uno de los grandes compositores ya que mi conocimiento en esa área de la música era muy limitado.

Solo podía asumir que el inicio de la música indicaba que el agua había alcanzado la temperatura deseada.

Tan pronto como la música comenzó, ella se tambaleó en el agua.

Era casi como si me estuviera bailando un poco.

Lo encontré mágico y muy erótico.

Mi polla estaba dispuesta a ignorarlo en la humedad creciente.

Me moví detrás de ella y bajo la lluvia del agua.

El agua era un par de grados más cálida de lo que me parece perfecto.

Obviamente, era la temperatura exacta que ella deseaba.

Ella empapó su cabello bajo la caída del agua y lo cepilló apartando el agua de su cara.

Agarró una botella de algo de uno de los rincones.

"Primero el pelo", dijo sin respeto.

Tomé la botella de su mano extendida.

Se sentó en el extremo del banco, con las piernas extendidas hacia la lluvia cálida.

Puse una rodilla en el banco para poder acercarme más y me sorprendió que no sintiera el mármol frío.

¡La maldita cosa estaba caliente!

Me puse un poco de champú en la mano y fui a trabajarla.

Esta había sido la parte favorita de Wendy.

Le daría un masaje en el cuero cabelludo bajo la apariencia de champú, y cuando terminara, ella me pegaría a la pared con pasión.

Sabía que no podía revivir esos maravillosos chapuzones de la ducha con esta perra, pero podía hacer que ella sintiera algo de eso.

Le puse el champú en el pelo y presté mucha atención a frotar sus sienes cada vez que mis dedos se acercaban.

Sabía lo que eso podría hacerle a Wendy.

Supuse que estaba haciendo lo mismo con mi tentadora demoníaca.

Ella se recostó en mis manos y arrulló un poco.

Sí, la estaba afectando mucho.

Me gustó el poder que me dio, el conocimiento de que al menos su sistema nervioso se estaba desvaneciendo ante mí.

"No te atrevas a parar", ordenó con una sonrisa.

Tengo poca idea de lo que las mujeres pensaron de mí fuera del dormitorio, pero ninguna se había quejado de mis mimos.

Disfrutaba del juego previo, los actos desinteresados de pasión que envían a una mujer a las nubes.

Empleé esos talentos aquí.

Cuanto más la hiciera feliz, más corto sería cuando ideara más sufrimiento.

Pero no podría haber estado más equivocado.

CAPÍTULO 9

La observé separar sus piernas mientras estiraba su cuello entre mis dedos.

Su mano se movió sensualmente entre sus piernas y un gemido escapó de sus labios.

Nunca antes había visto a una mujer autocomplacerse, al menos no en persona.

Lamentablemente, mi polla comenzó a apreciar ese espectáculo.

Inconscientemente, aceleré el movimiento de mis dedos.

"Más lento", ordenó y se echó hacia atrás para darme una vista en dónde estaban ocupados sus dedos.

Intenté no mirar, pero era demasiado maravilloso como para perdérselo.

"Traje a una mujer aquí una vez", dijo seductoramente.

Arrugué mis ojos y esperé que su historia terminara ahí.

"Ella amaba el agua tibia que caía en cascada por nuestros cuerpos. Dios mío, yo amaba sus pechos. Estaban tan firmes con los pezones rosados hinchados que solo pedían que los chuparan".

Ella continuó su tortura mientras su mano aumentaba su ritmo.

Estaba duro como una roca otra vez, tratando desesperadamente de evitar que mi erección la rozara.

La fricción podría acabar con todo rápidamente.

"Las cosas que ella podría hacer con su lengua". Ella continuó recordando. "Cuando estaba entre mis muslos, pude sentir su lengua curvándose dentro de mí, llevándome a lugares a dónde ningún hombre podría llevarme nunca".

'¡Que me jodan!' Iba a correrme.

Pensé en hacerlo con estilo, simplemente agarrando mi miembro y descargando en los pechos de la perra.

"¡Tengo que ir a hacer pipí, Ama!" Yo grité.

Y me correría a la vez.

Ella tenía que dejarme orinar.

Esa era la oportunidad que estaba buscando.

Dame un baño y diez segundos y lo descargaré todo.

Si eso me dejara aguantar una de las próximas veinte horas, simplemente sería una bendición.

"Con una erección como esa, va a ser difícil que lo puedas hacer", dijo y sonrió a sabiendas.

Ella giró su cuerpo hacia mí y sacó sus dedos de entre sus piernas.

Estaban brillando con su humedad.

"Ni siquiera me has dejado terminar; e iba a decirte lo maravilloso que había sido".

Y con eso ella, y con sus jueguecitos sádicos, se pasó los dedos cubiertos de su humedad por los labios rojos rubí.

Involuntariamente, gemí.

Caí de rodillas y formé puños con mis manos.

"Por favor, déjeme correrme", le susurré.

Mi polla se movía por su propia cuenta.

Esta mujer podría ponerme al límite a voluntad.

Mi compañía, mi sustento estaba en sus manos.

Su mano golpeó mi hombro con fuerza.

No iba a repetir la sumisión adecuadamente.

Joderla.

"Tú ganas, perra", dije y mi mano fue para mi erección.

Lo soltaría aquí mismo en la ducha, que era un lugar tan bueno como cualquier otro.

Ella se movió más rápido de lo que creía posible.

Su mano se disparó y atrapó mi muñeca, no con fuerza, solo la agarró.

Sólo lo suficiente para que me detuviera.

"No", dijo ella.

Ella sonaba desesperada.

"Nos tomaremos un descanso. Fui demasiado lejos, pero un descanso como la última vez funcionará".

Había profunda preocupación en sus ojos.

Ella no estaba tratando de doblegarme, solo quería el control.

Si quisiera, la obligaría a dejarme hacerlo.

Mi polla se levantó sólo con ese pensamiento.

Un descanso ya no era una opción, el acuerdo sería nulo, lo quisiera o no.

Me puse de pie lentamente, con una mirada de ira en mi cara.

Estaba tirando un millón de dólares y arruinando la vida de muchas personas.

Había miedo en su cara.

Agarré un puñado de su cabello cubierto de champú, le eché la cabeza hacia atrás y di un paso adelante.

Mis labios estaban a centímetros de esos deseables rubíes rojos.

"Por favor, tócame", gruñí.

No sé por qué le supliqué.

Una mano, temblando de miedo, se envolvió alrededor de mi miembro y sentí que mi interior se agitaba.

Sin permiso, fusioné sus labios con los míos.

Estaban tan llenos y suaves como lo había imaginado.

Mis caderas explotaron y gemí en su boca.

Sentí que mi semen retenido durante mucho tiempo se expulsaba de mi polla.

El alivio fue enorme, el placer más allá de toda medida.

Nunca había tenido un orgasmo tan satisfactorio.

Cada parte de mí surgió en unísono feliz.

Sus labios respondieron mientras explotaba en sus piernas.

Estaba en un cielo momentáneo.

No había una parte de mi cuerpo que no hormigueara en la exaltación.

Realmente fue un beso de un millón de dólares.

Rompí el beso cuando bajé de las nubes.

Ella cayó de rodillas en lo que parecía shock.

"Lo siento, eres demasiado sexy para ignorarte", me disculpé entre respiraciones profundas.

Iba a decir más, pero tenía una empresa para salvar.

La dejé allí, mirando abatida al suelo.

Había aguantado poco menos de tres horas.

Tendría que elegir a alguien con más control la próxima vez.

CAPÍTULO 10

Debería haberme sentido mal el lunes.

No lo hice.

Había decidido tirar la precaución a la basura.

No podía llegar al nuevo plazo de treinta días con mis empleados ignorantes de su destino.

Habían hecho demasiado para llevarme tan lejos.

No era culpa suya que el capital de riesgo se hubiera ido al diablo.

Llamé a una reunión a la sala central.

El lugar donde normalmente instalaríamos mesas para las fiestas de Navidad o para una futura celebración pública.

Miré las caras interrogantes, absorbí mi orgullo y me comencé.

"Estuve en negociaciones este fin de semana para obtener los fondos necesarios para que la empresa siga flote. No funcionó, pero tengo treinta días para encontrar más".

Había escondido bien los problemas de la empresa a todo el mundo.

La sorpresa era evidente en sus rostros.

"Tengo confianza en que puedo adquirir los fondos necesarios, pero si fallara en mi propósito, no querría que ustedes se quedaran sin opciones. Me encantaría que todos esperaran a la solución, pero sé que algunos de ustedes tienen familias y otras consideraciones."

Hice una pausa un momento para reagrupar mis pensamientos.

Había pensado mucho sobre esto el domingo y ya parecía tener todo más sentido.

"Les agradecería que pasara la mitad de su día de trabajo para la empresa y la otra mitad estudiando sus opciones. No les bajaré su sueldo durante este tiempo, aunque trabajen la mitad. Puedo garantizarles el cheque de pago de este viernes y el siguiente en dos semanas. Después de eso nuestros prestamistas pueden llevarse el cheque de pago, así que tengan esto en cuenta cuando haga sus planes. Firmaré cualquier carta de recomendación y me complacerá darles referencias para que esta experiencia no empañe sus carreras ".

Mis ojos se humedecieron cuando hablé sobre la desaparición de algo que había puesto tanto de mí mismo.

"Lamento mucho haber llegado a esto. No es lo que merecen, pero merecen la verdad".

Bajé los ojos porque ya no podía mirarlos.

Sonaba mejor cuando lo repasé el domingo por la noche.

Janeth me abrazó y me sentí peor.

Paul, nuestro contador, gritó:

"Estaré aquí, llueva o truene, Richy. Solo mantenme al día".

Hubo un coro de acuerdos que me hicieron sentir un poco mejor.

"La señora Buttingson está de vuelta, señor Carrington", susurró Janeth y señaló hacia la sala de reuniones.

Levanté la vista y vi a Virginia en su estricto atuendo de negocios, pero sin sus lacayos del otro día.

Sus ojos estaban casi tan rojos como sus labios.

Algo estaba mal con la forma en que ella estaba de pie.

Parecía casi incómoda, quizás menos poderosa.

Cuando vio que la había visto, se metió en la sala de reuniones y cerró la puerta.

Volví a mirar los rostros reunidos donde reinaban la confusión y la simpatía.

"Ahora vuelvo", dije y me dirigí a la sala de reuniones.

CAPÍTULO 11

Virginia se desplomó en una de las sillas.

Todo su aplomo comercial se había ido de su piel.

No pensé que nada pudiera afectar a esta mujer.

Al menos no en público.

"Quiero intentarlo de nuevo", balbuceó Virginia, casi llorando.

Sus ojos estaban rojos de llorar.

Ella estaba sufriendo.

¿Cómo diablos se derrumbó tan rápido?

"Virginia, mi compañía no puede ser tu juguete", dije con compasión, "hay demasiadas vidas en juego. Estoy muy agradecido por los treinta días adicionales, pero no puedo depositar todas mis esperanzas en algún tipo de desempeño sexual. "

Ella alcanzó el teléfono de la conferencia y marcó.

"Cottingcom National, ¿en qué puedo ayudarlo?", Saludó la operadora.

"Virginia Buttingson para el señor Smith, por favor", pidió Virginia.

Siguió una pausa, así que tomé asiento.

Ese era el banco de mi compañía, con el que tenía el préstamo.

Estaba empezando a pensar que mis treinta días estaban a punto de ser rescindidos.

"Buenos días, señora Buttingson, ¿qué puedo hacer por usted?" El señor Smith preguntó.

"¿Cuál es el estado de la transferencia de fondos?" preguntó ella sin rodeos.

"Se ha completado. Un millón como se solicitó, en la cuenta de Carrington, ya están disponibles", respondió Smith.

Me quedé de piedra.

Eso eran quinientos mil más de lo acordado.

"Gracias, Brian". Virginia colgó el teléfono y continuó: "El acuerdo está cerrado, sin condiciones".

"Qué ... no ... no estoy seguro de entender," tartamudeé como un idiota.

"La cagué. Quiero otra oportunidad". Ella estaba cerca de las lágrimas. "Por favor, Richy. No sabía que te había afectado así. Solo era un juego". Ella quería decirme más. Lo sentí y lo vi en sus ojos. Ella estaba asustada. "No ... no he dormido desde que me dejaste. Fui tan estúpida y seguí adelante cuando me pediste que no lo hiciera". Ella era increíblemente vulnerable.

"No creo que pueda hacer eso de nuevo", dije honestamente, "voy de odiarlo, a amarlo, y de nuevo a odiarlo ..."

Ella me interrumpió.

"Mira, hay partes que te encantaron. Podemos hacerlo de nuevo". Esto no sonaba como la mujer que me tenía de rodillas pidiendo alivio.

"Estoy confundido, Virginia". Estaba susurrando para que ella bajara la voz. No estaba seguro de cuánto se podría oír fuera de la habitación. "Solo parecía que te gustaba cuando estaba sufriendo".

Su cabeza cayó en sus manos y luego cayó sobre la mesa.

Ella comenzó a sollozar.

Caminé alrededor de la mesa y me senté a su lado.

No estaba seguro de si mis brazos ayudarían, pero no podía dejarla llorar en la mesa.

La tomé en mis brazos y apoyé su cabeza en mi hombro.

"Lo siento, simplemente no estoy hecho para lo que quieres".

"Pero me amabas", sollozó en mi oído.

Me estaba preocupando por su estado mental.

No estaba seguro de cómo dedujo amor de las pocas horas que pasamos juntos.

Fue casi todo una carrera frenética y angustiosa por mi parte.

Hubo un par de agradables paradas en boxes, pero fueron de corta duración.

"Virginia". Saqué su cabeza de mi hombro y miré sus ojos inyectados en sangre. "Nunca te dije que te amaba".

"No con palabras. Con tus manos. Nadie me ha tocado nunca así". Ella tenía una mirada soñadora en su cara. "Ese masaje ... y cuando me lavaste el pelo, pensé que me derretiría. ¿Por qué harías eso si no me quisieras?" Ella lo decía en serio ahora.

"Me ordenaste que lo hiciera," contesté.

Parecía confundida, como si estuviera tratando de ver el significado de mis palabras y no podía sumar dos y dos.

"Pero ... pero no tenías por qué hacerlo así", dijo ella lentamente. Casi podía ver las ruedas en su mente girando. "Vi cómo te excitaste. Ni siquiera me pegaste y estabas tan ... listo".

¿Golpearla? ¿Por qué iba a golpearla?

Era ella la que me estaba golpeando.

Me aparté un poco de ella, lo que hizo que sus ojos se llenaran de pánico.

"Virginia, no me gusta nada quien golpea o la violencia. Estaba dispuesto a aguantar un poco debido a esas personas que viste por ahí". Señalé la puerta. "No estoy seguro de qué tipo de relación estás buscando, pero no creo que encaje en el molde".

Estaba tratando de ser claro.

Toda la situación era demasiado surrealista.

Su cabeza se desplomó hacia adelante.

"No quería que te fueras", dijo en voz baja.

"Estoy teniendo problemas con esto, Virginia. ¿Por qué querría quedarme si me negabas que acabará mi dolor?"

Me faltaban secciones enteras de su lógica.

"Los chicos siempre se van cuando terminan". Sus lágrimas comenzaron a derramarse. "Te fuiste justo después también. No quería que te fueras".

Ella estaba llorando fuerte ahora.

Yo estaba en shock.

La acerqué a mi hombro y la sostuve.

Le tomó unos minutos recuperar el control de sus sollozos.

Pero entonces me di cuenta de que estaba en un dilema con ella.

Me tomó unos momentos más separarla gentilmente de mí.

La mujer acababa de salvar mi negocio, y probablemente, algunas de las vidas que estaban esperándome fuera de la habitación.

No tenía idea de con qué tipo de hombres había estado antes.

No podrían haber estado demasiado atentos si yo soy la medida de lo mejor.

Bueno, ella me lo debía por la tortura y yo le debía a ella por salvarnos a todos.

"Virginia, me gustaría llevarte a almorzar", le ofrecí mientras le dedicaba una sonrisa, "y luego a la cena y posiblemente al desayuno".

Su rostro se iluminó.

Ella arrastró el dorso de su mano por sus ojos para secar sus lágrimas.

Esto solo ayudó a mancharse de rímel más.

Intenté no reírme mientras agarraba la caja de pañuelos de papel de la mesa.

"¿Estás seguro?" preguntó, y luego rápidamente agregó: "Quiero decir que sí, me encantaría eso".

Supongo que ella decidió no darme tampoco una salida.

Y no la habría tomado.

"Bien. Ahora quédate quieta un momento."

Agarré un pañuelo y sostuve su barbilla con ternura.

Le limpié debajo de sus ojos, levantándome tanto como pude.

Llevó un par de pañuelos hasta que estuve feliz con mi trabajo.

Esos hermosos labios rojos estaban sonriendo de nuevo cuando terminé.

Me castigué por ignorar su estado emocional, pero en mi defensa, esos labios eran algo especial.

"¿Puedo besarte?" Le pregunte suavemente.

"Oh sí," susurró ella.

Incliné mi cabeza y llevé mis labios a los de ella.

El recuerdo del beso de la ducha se fusionó con este en mi mente.

En eso momento se desvaneció cualquier cosa que nos mantuviera unidos.

Ya no había ninguna compañía, ningún préstamo, ningún dinero.

Mis labios se quedaron porque podían sentir su aprensión y su alegría.

Me quedé así porque me gustaba.

Mi mano acarició su rostro y se movió detrás de su oreja para empujarla más profundamente.

Ella obedeció con los labios separados y una lengua vacilante.

Encontré la suya con la mía, y cuando nuestras lenguas se tocaron, un estremecimiento silencioso resonó en mi cuerpo.

Me quedé así con ella porque me gustó mucho.

CAPÍTULO 12

Cuando finalmente rompimos el beso, sentí una pérdida.

Pero ahora tenía el deseo de follarla allí mismo.

¿Cómo demonios esta mujer me hizo ir tan rápido?

"Eso fue muy bueno", dijo Virginia y comenzó a avanzar.

Ella quería más que yo.

La retuve y sonreí para que supiera que no era un rechazo.

"Hay gente afuera", dije y acaricié la parte posterior de su cuello. Ella se apoyó en mi mano y suspiró. "Vamos a decirles a estos muchachos las buenas noticias y te llevaré a almorzar", sugerí.

"¿Y por qué ellos tienen que saberlo?" Ella preguntó con una mirada de asombro en su rostro.

Me tomó un segundo darme cuenta de por dónde estaba encaminado su razonamiento.

Lancé una pequeña risa.

"Es sobre sus trabajos. Usted acaba de garantizarles sus cheques de pago".

Era la primera vez que la veía sonrojarse.

Sus mejillas casi igualaban el color de sus labios.

Era adorable.

Se puso de pie, avergonzada, y se arregló el atuendo.

"Sí. Por supuesto", dijo ella mientras recuperaba el control.

Luego ella me miró con ojos suaves.

"¿Todos los besos que das ... distraen tanto?"

"Sólo los buenos", le contesté.

Ella se sonrojó más claramente aún.

Ahora era yo quien tenía el control y no tenía intención de negarle nada a nadie.

Dios, esos labios se veían tan bien.

Me puse de pie y me alisé un poco la ropa.

"¿Estás lista?" Le pregunté.

"Sí", respondió ella.

El cambio en su cara fue aterrador.

Virginia se había ido y la señora Buttingson estaba de vuelta.

Ella ahora estaba en modo de sala de juntas.

Sostuve la puerta mientras ella salía, con la cabeza perfectamente nivelada mientras avanzábamos hacia los empleados aún reunidos.

Vi a Janeth limpiando un lado de su cara.

Realmente esperaba que ella no hubiera estado llorando.

"Parece que fui muy prematuro con mis declaraciones anteriores", dije mientras acompañaba a mis palabras con una sonrisa, "la señora Buttingson y yo acordamos una asociación que ha garantizado a la compañía los fondos suficientes para poder aguantar y llevarnos más allá de la fecha inicial del lanzamiento prevista"

Hubo muchos aplausos y sonrisas.

Las sonrisas se veían ahora un poco traviesas y me lanzaron en un guiño.

La sonrisa de Janeth era aún más misteriosa mientras seguía limpiando un lado de su cara.

"Tenemos un acuerdo para completar y millones para hacer", anuncié felizmente.

La mano de Janeth era más frenética aun tocándose la cara.

Virginia puso los ojos en blanco al darse cuenta de que lo que estaba queriendo decir Janeth.

Miré por encima con mi

'¿Qué?' dije encogiendo mis hombros.

Virginia alcanzó una caja de pañuelos en el escritorio de Paul.

Ella agarró mi barbilla, sin perder nunca su expresión comercial controlada.

El pañuelo se volvió rojo después de que ella me limpió los labios.

Me sonrojé.

"Y Richy me está llevando a almorzar", anunció Virginia.

No creo que me hubiera sentido más incómodo en mi vida.

Hubo un poco de risa entre los reunidos hasta que Virginia se dio la vuelta con su fulgor patentado.

"Crezcan, gente", se burló ella.

La risa se convirtió en risitas ahogadas.

La cara de Virginia estaba tan roja como la mía.

Tomó mi mano, ya que no había ninguna razón para la fachada, y me condujo hacia la puerta.

"Eso fue vergonzoso", susurró Virginia cuando pusimos unos cuantos escritorios detrás de nosotros.

"Fue tu pintalabios", le eché la culpa con una sonrisa tonta.

"Ahora todo el mundo lo sabe", agregó.

Ella trató de mantener su actitud comercial para los ojos que nos seguían.

"Solo están celosos porque tengo una cita sexy para almorzar", bromeé.

"Una cita. ¿Esta es una cita?" preguntó ella con sorpresa.

Me pregunté qué pensaba ella que era.

"Besos, mujer sexy, almuerzo. Sí, se diría que es más de lo que califica para una cita", respondí lo más suavemente posible.

Su sonrisa creció, envolvió su brazo alrededor del mío y me acercó más cuando terminamos de salir.

Ella se sentía bien a mi lado.

Me gustó que a ella no le importara que todos estuvieran mirando.

La mujer de negocios había abandonado el edificio.

CAPÍTULO 13

Elegí Fugui's, un pequeño italiano de pasta cercano.

No era la mejor comida de la ciudad, pero a veces el ambiente íntimo era el problema en esos sitios.

Había una pequeña mesa donde un gran soporte con columnas bloqueaba el resto del local.

El techo era bajo, lo que reducía la reverberación y nos permitía hablar sin tener que repetir lo dicho.

Y era adecuadamente privado.

"Siento lo de esta mañana, Richy", dijo Virginia después de que llegara el vino, "No estoy acostumbrada a ... creo que no estoy acostumbrada a que me gusten las personas".

"Vamos, debes tener algunos amigos", dije alegremente.

La expresión en su cara me dijo que eso fue algo incorrecto decir.

Perdí mi sonrisa y puse mi mano sobre la de ella.

"Tienes uno ahora."

Eso me valió una débil sonrisa.

Me levanté y cambié de asiento, moviéndome a su lado en lugar de sentarme frente a ella.

"Lo único que realmente recuerdo de esta mañana es el beso. Todo lo demás es un poco borroso".

Esta pequeña mentira me ganó una sonrisa de verdad.

"Fue realmente agradable", dijo con dulzura, "he decidido que no beso lo suficiente".

Fruncí mis labios obscenamente y me incliné hacia adelante.

Ella se rió y golpeó ligeramente mi brazo.

"Con hombres, no con peces".

"Los peces también necesitan ser amados", bromeé.

El camarero apareció con nuestras ensaladas, así que tuvimos que tomar un descanso en nuestra conversación.

Hablamos de nuestra compañía mientras comíamos las ensaladas.

Me maravillé de lo sorprendente rápida que era su mente empresarial.

Podía parecer que ella acaba de tirar el dinero salvando una compañía sin futuro.

Pero en realidad, ella había hecho su tarea.

Ella conocía el potencial y los escollos de todo el proceso.

Ella tenía conexiones increíbles que realmente podrían ayudar al lanzamiento inicial.

Para cuando aparté la ensaladera vacía, me di cuenta de algo.

"Si no hubiera aceptado tu primera oferta, ¿ya no ibas a comprar?" Le pregunté.

"Sí, pero realmente quería verte desnudo", dijo con su sonrisa malvada.

"¿Y el millón en lugar de la mitad?" Yo pregunte

"Realmente necesitas trabajar en tus habilidades de negociación. Pensé que exigirías más, así que me anticipé con el millón", se encogió de hombros y continuó: "y para tener éxito, realmente necesitas un aumento considerable en el capital de trabajo para el lanzamiento. Sin eso, sus ventas no hubieran durado por un año más, mientras que los competidores te estarían intentando copiar tu producto ".

"Me la jugaste," proclamé.

"Es lo que se hacer", confesó ella mientras se acercaba y acariciaba detrás de mi oreja, "¿estás enojado conmigo?"

Era la primera vez que ella había iniciado un suave toque.

Podía ver la preocupación en sus ojos.

"No, estoy enojado conmigo mismo por no haberlo visto", me reí entre dientes, "En realidad fui lo suficientemente vano como para pensar que se trataba de mí".

"Eso ahora, pero no fue entonces", dijo Virginia casualmente.

Me sorprendió su candor.

Creo que ella realmente tenía sentimientos por mí.

Justo cuando pensé que había descubierto su jugada, ella me dejó ver la realidad.

"Es por eso por lo que transferí el dinero temprano esta mañana. No quería que pensaras que ya te lo estaba guardando".

¿Quieres saber cómo complacer a un hombre?

Sólo da valor a su existencia.

Aquí estaba la persona de negocios más inteligente que conocía y que me decía que mis años de sudor valían la pena.

Su valoración del potencial de mi, no, de nuestra compañía era incluso mayor de lo que había imaginado.

Exigir solo el cuarenta y nueve por ciento significaba que sabía que mi visión era necesaria para esa valoración.

Todo esto y además supe cómo se veía desnuda.

La sorprendí con un apasionado beso.

La sentí nerviosa mirando a su alrededor antes de rendirse y dejarse llevar a mi afecto público.

Nos obligaron a separarnos cuando el camarero trajo el plato principal.

La comida sabe mejor cuando todo va a tu manera.

Virginia me estaba sonriendo mientras comíamos.

No creo que ella supiera completamente cómo había acariciado mi ego.

Y eso lo hizo todo aún más sincero.

"Voy a tener que conseguir un lápiz labial diferente si sigues besándome en público de esa manera", sonrió.

"No te atrevas", dije mientras dejaba marcas rojas en mi servilleta, "solo necesito comprar más pañuelos".

No podía imaginarla con nada más que esos deseables labios rojos.

Vi algo brillar en sus ojos cuando defendí el lápiz labial.

Un pensamiento pasó por su mente, algo que no estaba destinado a la discusión pública.

Se inclinó hacia mi oído.

"Realmente me gustaría llevarte a casa y que no te negaras", susurró ella con una sonrisa maliciosa.

La sangre fluyó rápidamente en mi cuerpo a sus palabras.

Sentí su mano en mi entrepierna.

"Me encantaría comprobar lo que puedo hacer contigo".

"¡Compruébalo, por favor!" Dije tal vez un poco demasiado fuerte.

Pero como dije, no era el mejor sitio de comida de la ciudad.

CAPÍTULO 14

Conduje a Virginia a su casa en mi auto.

Ella había dicho que podía hacer arreglos para que recogieran el suyo mañana.

Creo que ella estaba más interesada en asegurarse de que mi interés no se desvaneciera.

Ella no estaba demasiado agresiva, solo algunas caricias simples y un poco de acurrucarse en mí para asegurarse de que supiera que ella estaba a mi lado.

Me pareció que la atención que me dedicaba era muy atractiva.

Mi interés no se desvaneció.

Cuando entramos en su casa, Virginia me arrastró directamente a su habitación.

"Siéntate", ordenó, señalando la cama.

Ella usó su voz maliciosa que me irritó un poco.

Elegí pararme con una cara gruñona en su lugar.

Ella sonrió.

"Por favor, siéntate."

Esta era de nuevo su amable y amorosa voz.

Me senté rápidamente.

Ella agarró mi pie y me quitó el zapato y el calcetín.

Ella repitió con el otro pie.

Usando su voz maliciosa ordenó, "El cinturón".

Ella extendió su mano esperando a que yo cumpliera.

Podría haber resistido su voz maliciosa, pero me gustaba hacia dónde se dirigían las cosas.

Lo desabroché y lo saqué a través de los ojales.

Ella tomó el cinturón y lo agregó a la pila de mis zapatos y calcetines.

Virginia me empujó en la cama para que cayera sobre mi espalda y me desabrochó el botón y me bajó la cremallera de la parte delantera de mis pantalones.

"No digas nada," ordenó ella y yo obedecí.

Ella me sacó mis pantalones junto con mis boxers y los agregó a la creciente pila.

Estaba medio excitado en este punto.

No estaba seguro de lo que tenía en mente y tenía un poco de miedo de que intentara regresar a sus tortuosas maneras.

Se acercó a su cómoda y agarró un pequeño tubo de oro.

Se lo puso entre mis piernas, se quitó la chaqueta y la dejó caer al suelo.

Sonriendo, se desabotonó la blusa y también la dejó caer en el suelo.

Su sujetador de encaje le siguió rápidamente.

Mi polla mostraba un poco más de vida en este momento.

"Tengo la intención de disculparme físicamente por mis acciones este fin de semana". La cara de Virginia era de arrepentimiento. "Espero puedas perdonarme."

Estaba a punto de decir algo de que no era necesario cuando ella quitó la tapa del tubo dorado y apareció su lápiz de labios rojo rubí.

Mientras la observaba con pericia volver a cubrir sus labios, mi excitación fue más evidente.

Se frotó los labios y me miró.

Sus labios brillaban de color rojo, más brillantes que nunca.

"Tengo la intención de usar mi boca", suspiró.

"Oh, mierda", fue todo lo que pude decir.

Mi erección palpitaba y ahora estaba tenso mientras rezaba en silencio que este no fuera uno de sus trucos.

Ella sonrió a mi erección.

"Me encantaría hacerte eso a ti", dijo ella mientras caía de rodillas.

Sus labios a pocos centímetros de mi virilidad, ella envolvió su mano alrededor del miembro.

Sentí el pulso de mi polla mientras ella pasaba su lengua por la parte inferior y la giraba alrededor de la corona, su mano simplemente usándola como guía.

Cuando esos labios rodearon mi erección, todos los pensamientos que tuviera de desconfianza se desvanecieron.

Esos deslizantes labios rubí crearon una euforia visual.

Había visto esto en mi mente y la realidad era infinitamente más placentera.

Los labios de Virginia se separaron de mi polla.

Ella frunció los labios y besó amorosamente la punta.

Mis muslos se tensaron para no moverse, para dejarla continuar, para que durara.

Pero mis muslos estaban fallando.

Esos labios me envolvieron de nuevo, llevándome más profundo.

Podía sentir su lengua empujando y lamiendo.

Quería advertirle, darle la opción de que fuera más lenta, pero me vine demasiado fuerte y demasiado rápido.

Mis caderas se levantaron cuando grité su nombre.

Ella bajó los labios y me la chupó mientras eyaculaba dentro de ella.

Los pensamientos cesaron cuando el placer atravesó mi cuerpo.

Las mejillas de Virginia se hundieron cuando introdujo mi polla más dentro de su boca, dejándome manejar mi placer sin sentir culpa.

Ella quería esto para mí.

Virginia besó mi falo saciado.

Su beso me lo dio directamente en la punta de mi miembro

Ella sabía lo que había hecho, y sonrió con esa sonrisa malvada y tortuosa.

Podía ver esos problemas de control nadando en sus ojos.

Lo hizo sin el látigo, pero me tenía justo donde quería.

Esta vez, ella no obtendría ninguna queja de mí.

"¿Eso fue más de tu agrado?" Preguntó, ya sabiendo la respuesta.

"Sí, Ama," contesté juguetonamente.

Me encantó la risa que generó en ella.

Me golpeó el muslo, se subió la falda y se subió encima de mí.

"¿Te vas a quedar?" Preguntó Virginia con una sonrisa forzada.

Sus comentarios anteriores volvieron a mí.

No podía creer lo emocionalmente débil que podía ser una mujer tan fuerte.

Entonces me di cuenta de cuánto riesgo creía ella que había tomado.

Había temor en sus ojos que rodeaba el miedo.

Retuve mi una linda respuesta sarcástica y me ceñí a la verdad que sentía para ella.

"Sí", respondí con toda seriedad, "esperaba que me dejaras pasar la noche aquí".

Vi sus ojos llorosos antes de que sus labios sofocaran los míos.

Podía sentir su cuerpo temblando mientras nos besábamos.

La abracé con fuerza, con ganas de sofocar sus temores infundados.

Realmente pensé que esto era como algún tipo de terapia agradable para ella.

No más.

Me gustaba ella en mis brazos.

Me gustaba que ella me necesitara.

Era más lista que el Infierno, pero frágil como la porcelana fina en su interior.

Incluso me gustaba que el fuego de control ardiera dentro de ella.

Ella era un enigma muy sexy.

Mi enigma.

La giré de costado, sus pechos contra mi pecho.

Empujé algunos pelos rebeldes fuera de sus ojos y detrás de su oreja.

Ella se estremeció ante mi toque que, egoístamente, me pareció agradable.

"Me gustaría terminar de lavarte el pelo", dije casualmente mientras pasaba mi mano por sus cabellos marrones.

Su sonrisa fue honesta.

"Realmente también me gustaría eso a mí", susurró ella.

Pude ver la emoción en sus ojos.

Ella estaba pensando en el sexo mojado por el chorro de la ducha.

Pero en este momento el baño con champú fue solo una excusa para darme tiempo para recuperarme.

Fue una suerte que ella también encontrara agradable la propuesta.

CAPÍTULO 15

Virginia trató de enseñarme el funcionamiento de los controles de la ducha.

Me resultó divertido tocarla con ternura mientras trataba de explicármelo.

Ella se dio cuenta que yo estaba perdiendo el hilo de sus pensamientos, pero nunca me reprendió ni trató de detenerme.

Cuando ella se rindió felizmente, yo estaba casi tan despistado como cuando empezamos.

Dudé que alguna vez me dejara controlarlo todo de todos modos.

Esta vez lo hice bien.

Tenía a Virginia acostada sobre su espalda, a lo largo del banco calentado, con su cabeza colgando sobre mis muslos al final.

La ducha tenía un maravilloso cabezal de ducha desmontable que expulsaba en una especie de rocío suave.

Suavemente empapé su cabello mientras cerraba los ojos.

Fue maravilloso tenerla en mi regazo cuando me apliqué el champú.

Ella hizo algunos maravillosos, medio gemidos, sonidos mientras trabajaba la sustancia con aroma a flores en su cabello.

"Entonces, la última vez que estuvimos aquí, me hablabas de una chica", sugerí la historia.

Virginia abrió los ojos y me dedicó una mirada extraña.

"¿Ahora estás interesado en Lydia?" ella preguntó.

"¿Así que ella fue real?" Pregunté.

Virginia intentó sentarse un poco, así que la empujé suavemente y fui a trabajar en la parte posterior de su cuello.

Ella se relajó de nuevo.

"Sí. Somos dueñas de un restaurante muy popular juntas", continuó, "vendría otra vez si le pidiera. ¿Es eso algo que te gustaría?"

Eso salió por sorpresa y me golpeó directamente en la cabeza.

Solo estaba insinuando una historia caliente, pero esta era una oferta intrigante.

Esa era una fantasía que nunca hubiera imaginado pudiera volverse real.

Por supuesto, en mis sueños, siempre había de vez en cuando alguna aventura de una noche con dos mujeres que pensaba nunca vería en la realidad de nuevo.

No sé si me sentiría muy cómodo teniendo una orgía con gente que conozco.

"No creo que quiera compartirte con nadie", dije con cuidado, "¿me considerarías un hipócrita si quisiera saberlo?"

Sonaba estúpido cuando salió, pero creo que entendió el punto.

"¿Quieres saber sobre ella o solo las partes sucias?" Ella estaba sonriendo mientras yo les daba masajes a sus tesoros.

"Sólo las partes sucias". Yo le devolví la sonrisa.

Eso me dio como premio una risita, seguida del relato de una historia muy sucia.

Me he entretenido leyendo erótica.

Pero eso no fue nada en comparación con lo emocionado que me puse cuando escuché a Virginia, sin reservas, describir su escapada a la ducha con Lydia.

Ella no dejó nada sin describir y me encontré respirando con dificultad mientras me enjuagaba el pelo.

Estoy bastante seguro de que algunas partes fueron embellecidas, pero las acepté como un hecho.

Yo era, de nuevo, el hombre de acero.

"Mira lo que te hizo mi historia", se jactó Virginia.

Ella estaba acariciando suavemente mi erección.

Ella se puso de pie con una idea en sus ojos.

"Quédate así", ordenó e ingresó una serie de comandos en el panel de control.

Esperé.

Estaba empezando a disfrutar de que ella fuera mandona, al menos cuando no hubiera negación y dolor al final.

'More than a feeling' resonó a través de los altavoces cuando la gran cabeza central de ducha se movió para cubrirme suavemente con agua tibia.

Ella caminó de regreso frente a mí, bloqueando una buena parte del rocío.

"Pero es hora de una nueva historia".

Su voz era baja y seductora.

Esa voz lo prometía todo.

Virginia, frente a mí, puso una rodilla a cada lado de mí y bajó sus caderas hacia la mía.

Desplacé mi trasero al borde del banco para hacerlo más fácil.

Ella se colocó entre mis piernas y guio mi polla a su abertura.

El agua caía en cascada sobre sus hombros y bajaba por mi pecho mientras ella se apoyaba en mí.

Soltó mi polla y gimió cuando completó su descenso.

Me hice eco de su sonido.

Virginia entrelazó sus dedos detrás de mi cuello y llevó sus labios a mi oído.

"Ha pasado mucho tiempo desde que dejara a un hombre entrar dentro de mí", susurró con fuerza.

Dios me ayude, eso me ha gustado mucho.

"Es celestial", dije y luego me lancé.

Salió de mi boca sin pensar, "Ama".

Esta vez no lo había dicho en tono de chanza como se lo había dicho antes.

Esta vez fue sincero.

Su pelvis se detuvo y me miró a los ojos.

Vi miedo en los de ella.

"No quiero perderte", se preocupó.

No tenía idea de hacia dónde se dirigía esto.

Solo sabía que me sentía bien.

Muy bien.

Y quería que ella se sintiera también bien.

Quería sentirme bien junto a ella.

"Entonces deja que me corra", dije con una sonrisa diabólica y agregué, "Ama".

Sus ojos se iluminaron y su sonrisa se volvió lasciva cuando las consecuencias de lo que dije la calentaron.

Ella estaba por complacerme.

Ella iba a complacernos.

Sentí sus manos agarrar mi cabello y tirar de mi cabeza hacia atrás mientras su coño se levantaba y caía alrededor de mi polla.

Sus labios se cerraron a la fuerza sobre los míos mientras me tomaba.

Los ojos de Virginia ardían con lujuria.

Eso alimentó la mío, aunque no estaba en posición de ayudar mucho.

El agarre en mi cabello se estaba apretando y tirando con más fuerza.

No tenía idea de por qué me gustaba o por qué a ella le gustaba hacerlo.

Solo supe que lo hicimos.

Ella rompió su beso violento y tiró de mi oreja a sus labios.

"Vamos a llegar juntos", declaró con intensidad, "juntos, ¿entiendes?"

Sentí mi polla surgir con su pregunta.

No estaba seguro de poder esperar mucho más.

"Lo intentaré, Ama," tartamudeé cuando el increíble canal caliente de Virginia me sofocó de placer.

Sabía que ella podía sentir que estaba listo para explotar.

Tal vez la historia sucia no fue una buena idea.

Estaba un poco más caliente que ella.

"No es una opción", declaró.

Sus caderas se detuvieron en la carrera descendente y comenzó a moler su pelvis en mí.

Sentí mi polla tocando nuevos lugares dentro de ella.

Yo estaba en el borde del éxtasis.

Si no estuviéramos siendo bombardeados con agua, el sudor habría estado cubriéndome todo mi cuerpo.

Mi respiración era trabajosa.

Sentí que su pelvis se sacudía involuntariamente y su mano se apretaba sobre mi cabello otra vez.

A la segunda sacudida ella gritó, "¡AHORA!"

Me deje llevar.

La intensidad, combinada con el dolor, fue asombrosa.

Virginia se sostenía por mi cabello mientras oleadas de placer se sacudían a través de su cuerpo.

Cada sacudida de sus caderas obligaba a lanzarle otra oleada de leche dentro de ella.

Estábamos en unísono perfecto, doloroso, dichoso.

Virginia me soltó el pelo y casi se derrumbó hacia atrás sobre el suelo.

La atrapé a tiempo y la atraje a mis brazos, mi polla aún enterrada profundamente en ella.

No tenía idea de dónde venía su deseo de controlarme.

Solo sabía que me encantaba.

En una extraña yuxtaposición, la agarré por el pelo y tomé un beso de sus labios.

"¡Eso fue fantástico!" Yo dije con fuerza.

Sus ojos adormecidos miraron los míos.

"Sí, fue maravilloso", dijo ella y luego sonrió, "Maestro".

Ella se derrumbó en mis brazos y la sostuve bajo la lluvia cálida y espesa.

CAPÍTULO 16

La cena fue un pequeño asunto íntimo.

Solo nosotros dos, acurrucados en el sofá con comida china que habíamos pedido para llevar.

Estábamos tapados con una manta rosa de felpa a juego.

Virginia se ajusta mucho mejor que yo a este estilo.

El rosa no es mi color predilecto.

Estábamos viendo una película de John Wayne, una de sus primeras en color, creo.

Aunque era básicamente ruido de fondo mientras comíamos, conversábamos y reíamos.

Virginia abrió una botella de vino y hablamos un poco más.

No dijimos ni una palabra sobre la compañía o el sexo.

Se trataba solo de conocernos.

Me encantó y me maravilló que la pudiera tener solo para mí.

Había cruzado algunos límites sexuales muy extraños con ella.

Ahora sabía más sobre mí que nadie en el mundo.

Creo que soy el único que sabe sobre su fino interior de porcelana.

***

La hora de acostarse trajo más.

Más de nosotros.

La estaba esperando en la cama.

Tenía planes, planes de licitación.

Quería irme a dormir con recuerdos de su suavidad, su entrega a mi lento amor.

Salió nerviosa del baño.

Creo que casi volvió a entrar, pero luego decidió venir a mi lado de la cama.

Extendí mi mano, preguntándome de dónde venía su miedo.

Cuando ella dejó caer su bata, vi su temor.

Por encima de su pecho izquierdo, sobre su corazón, había escrito 'Richy's' en lápiz labial rojo rubí.

Lo que salió de mí fue la verdad.

"Yo también te amo", estuve de acuerdo.

Creo que ella estuvo conteniendo la respiración hasta ese punto.

Ella cayó en mis brazos y la atraje hacia mí.

Yo era el pegamento para su porcelana fina.

***

Virginia, al principio, era mucho mejor que cualquier despertador.

Las risitas y el mordisco en mi oído eran una manera maravillosa de despertar.

Simplemente no había un botón de repetir en cinco minutos en ella.

Ella era una persona de la mañana.

Soy un tipo de persona que se despierta lentamente.

Por lo general, se requieren tres o cuatro pulsaciones del botón de repetición antes de que finalmente me dé por vencido y me levante.

Virginia ya estaba bañada y vestida y los primeros rayos del sol ni siquiera habían llegado a través de la ventana.

Me di la vuelta y me alejé de su hermoso asalto.

Tal vez ella me diera otros diez minutos.

Las mantas y las sábanas desaparecieron repentinamente de la cama.

Mi calor desapareció y me hice un ovillo.

Escuché el zumbido antes de que la comezón golpeara mi trasero.

Me levanté para protegerme y la vi, inocente y sonriente, con las manos detrás de la espalda.

"Me golpeaste", acusé.

Dio un paso atrás, sus hermosos labios rojos sonrieron.

Me puse de pie y di un paso amenazador hacia adelante.

Tuve la intención de probar el látigo en su trasero para ver cómo le gustaba.

"Tienes una compañía para dirigir, Amante", dijo mientras daba otro paso hacia atrás.

Miré el reloj y recordé dónde estaba.

Probablemente iba a llegar tarde.

La venganza tendría que esperar.

"Mierda", admití y me moví rápidamente a la ducha.

Olía a Virginia.

Deseé haber podido revolcarme con ella, pero llegar tarde y además oler a sexo no me pareció una buena idea.

Ahora me di cuenta de que no sabía cómo funcionaba esta cosa.

Estuve probando con algunos botones, pero no conseguí que el agua saliera de la ducha.

Treinta segundos después tuve que tragarme mi orgullo.

"¿Cómo enciendes esta maldita cosa?"

Le grité.

Su risa fue a la vez molesta y maravillosa.

CAPÍTULO 17

"Quiero invitarte a cenar esta noche", dijo Virginia desde el asiento del pasajero.

Ella había decidido regresar conmigo a por su auto.

"Y quiero ver el lugar donde vives".

La señora de negocios estaba de vuelta.

Le pones a esta chica en una falda de tubo y una chaqueta y de repente ella piensa que puede gobernar el mundo.

Ya la conocía lo suficientemente bien como para comprender que en realidad estaba preguntando, no exigiendo.

"Mi casa es una pocilga en comparación con la tuya", le advertí.

Estaba tratando de recordar lo sucia que estaba.

No pude recordar la última vez que hice una buena limpieza.

"Está bien eso. Tengo la intención de ser muy sucia allí", dijo ella, luego sonrió.

Mi mente se animó y sentí que regresaba un poco del calor de la noche anterior.

"Señora Buttingson, ¿está marcando su territorio?" Bromeé.

Pero ella realmente lo tomó en serio.

"Sí, creo que lo estoy haciendo", respondió ella.

Su sonrisa en tono rubí era deliciosa.

"En ese caso, acepto tu invitación para la cena".

Me encantó la idea de que ella me reclamara.

Normalmente, me sentiría agobiado.

Pero con Virginia, sabía que era solo su necesidad de controlar, pero entendía que era más frágil de lo que decía.

O, tal vez, solo me quería azotar de más de una manera.

* * *

Janeth me dirigió una extraña sonrisa cuando pasé junto a su escritorio.

Se levantó, me siguió a mi cubículo y sonrió cuando me volví para ver lo que quería.

"¿Lo pasó bien anoche, señor Carrington?" Ella preguntó con ojos de complicidad.

Estaba un poco avergonzado por la pregunta. ¿Fui tan transparente?

"No estoy seguro de saber lo que quiere decir", dije inocentemente.

Recurrí a un papel en mi escritorio con la esperanza de que dejara pasar la conversación incómoda.

"¿Puedo?" —preguntó, sosteniendo un pañuelo que había traído consigo.

Estoy seguro de que me sonrojé mientras asentía con la cabeza.

Ella agarró mi barbilla como una madre preocupada y limpió el lápiz de labios de mi mejilla.

Realmente tenía que hacerme con urgencia con unos pañuelos.

"La misma ropa y sin afeitar", sonrió mientras soltaba mi barbilla. "No creo que haya llegado a casa anoche".

"¿Todas las mujeres son tan observadoras?" Pregunté en mi aire amistoso.

"Sólo a las que se preocupan por usted, señor Carrington", respondió ella con un guiño.

Se dio la vuelta y volvió a su escritorio.

Si había alguna razón para hacer que esta empresa funcionara, estaba allí.

Necesitaba verla con dinero en el bolsillo y no en lo más mínimo preocupada si uno de sus hijos era aceptado en Harvard.

Pasé el resto del día trabajando duro.

Ahora que no tenía que preocuparme por el capital, en realidad era muy productivo el día.

Comencé la implementación de las ideas de las que Virginia y yo habíamos hablado.

La mayoría parecía evidente ahora que habían estado en mi pensamiento durante un día.

Ella realmente tenía una cabeza ideal para los negocios.

Di una vuelta por la oficina y hablé con todos, asegurándoles nuestra estabilidad.

Tuve más de unas pocas miradas sonrientes que me dejaron saber que confiaban en mí.

Le di a Ralph la luz verde para contratar a un asistente.

Pensé que el hombre me iba a abrazar.

Lo hice para acelerar las cosas y por seguridad en caso de que algo le sucediera a Ralph.

Él pensó que lo hacía para reducir su abrumadora carga de trabajo.

Siendo egoísta, le dejé pensar que su versión era correcta.

***

Janeth colgó el teléfono mientras la tarde terminaba.

Ella trajo una nota a mi escritorio con otra de sus extrañas sonrisas.

"Ella es un poco mandona, pero no creo que le importe a usted, ¿verdad?", dijo, entregándome la nota.

La nota contenía el nombre de un restaurante, 'The Meet', una dirección y un horario de siete en punto.

¿Cómo descubrió Janeth a Virginia tan rápido?

"¿Lo ha deducido a partir de una reserva para la cena?" Pregunte incrédulo

"Hablamos por más de treinta minutos". Janeth reprimió una risita. "No puedo colgarle a una compañera. De todos modos, a mí me gusta". Sonreí ante la valoración de Janeth.

"A mí también me gusta," estuve de acuerdo, "ustedes dos no están compartiendo historias sobre mí, ¿verdad?"

Estaba segura de que Virginia mantendría en privado nuestros acuerdos.

Tenía miedo de que mis defectos de carácter pudieran ser la fuente de la diversión compartida.

No quería pasearme alerta por la oficina todo el día.

"Creo que me ha pedido que haga de espía". Janeth parecía complacida. "Estar atenta a cualquier competencia e informe. A ella realmente le gustas".

Me estaba sonrojando

"¿Son todas las mujeres tan intrigantes?" Le pregunté.

"Solo a las que se preocupan por usted, señor Carrington", respondió ella guiñando un ojo. "Le sugiero que se vaya temprano y se asee. La camisa negra que llevaba hace una semana parece muy buena para la ocasión".

Me pregunté si eso era Janeth o Virginia hablando.

"¿Janeth?" Pregunté con un tono siniestro falso.

"¿Sí, señor Carrington?" Ella preguntó mientras sonreía.

No podía deducir nada de su mirada.

"Llámame Richy", dije firmemente.

También eso podría hacer nuestras conversaciones más fáciles.

Aunque pensé que la camisa negra me hacía parecer tonto.

"Gracias, Richy", sonrió mientras caminaba sonriendo hacia su escritorio.

Secretaria, experta en espionaje y moda.

Estaba en buenas manos.

CAPÍTULO 18

Llegué justo a tiempo cuando entré en el 'The Meet'.

No pensé que lo lograría.

El estacionamiento había resultado más difícil de lo que había supuesto.

El restaurante estaba en una vieja sección de la ciudad que fue construida antes de que el automóvil tomara el control de la nación.

Terminé esperando el turno para el servicio de valet.

Como era de esperar, Virginia estaba esperando en la mesa.

Su sonrisa era genuina y muy bienvenida.

Era un lugar público, así que me conformé con solo besarle la mejilla.

"Te ves bien", comentó Virginia.

Me castigué por no decir algo primero.

"Gracias. Parece que tengo una nueva consultora de modas en el trabajo", comenté de manera conspirativa.

"Realmente me gusta Janeth", sonrió Virginia, "muy organizada y parece conocerte bien".

"Bueno, puedes estar feliz de saber que ella te aprueba también". Yo sonreí "Estoy empezando a pensar que estoy siendo manejado".

"Todos los hombres son manejados, cariño". Los ojos de Virginia brillaban. "Algunos más que otros."

Su mano encontró mi muslo debajo de la mesa, un poco más alto que lo políticamente correcto.

Ella retiró su mano después de un tierno apretón que prometió cosas interesantes más tarde.

"¿Mencioné lo hermosa que eres?" Encontré su apretón un poco más emocionante de lo que había calculado, "Me encantaría llevarte a casa ahora mismo y devorar esos labios rojos".

La hice sonrojar, en público.

Su mano volvió, y más arriba hacia mi entrepierna.

Ella lo quitó cuando sintió mi excitación.

"Oh, me encanta que consiga hacerte eso" Y entonces apareció la señora negocios. "Primero la cena, luego el postre", ordenó con firmeza.

Podría esperar, si tenía que hacerlo.

De repente, su expresión cambió y rápidamente colocó la palma de su mano contra mi mejilla, "A menos que sea urgente, quiero decir ... no quiero ... ya sabes, hacer que duela".

Su preocupación era evidente.

Vi su aprensión, su miedo confirmado por nuestro primer día juntos.

Me olvidé del público.

Acerqué esos labios rubí a los míos y me aseguré de que ella supiera que no había ningún riesgo aquí.

Ella se fundió en mí.

Podía sentir como su alivio y control volvían.

"Primero la cena, luego el postre", susurré cuando rompí el beso.

Me encantó la mirada en sus ojos.

Esa mirada de 'te tengo'.

Sabía que esta sería una noche inolvidable.

***

Me sorprendió de repente que una mujer contemplaba nuestra demostración de afecto.

Una rubia madura bastante bien vestida, de pie en el borde de la mesa con la boca abierta y confusión en sus ojos.

Ella no estaba vestida como una camarera.

Virginia se echó a reír y rápidamente tomó una servilleta para limpiar el lápiz labial de mis labios.

Esto pareció sorprender aún más a la mujer.

"Richy, esta es Lydia. Mi compañera en este maravilloso bis a bis del que te hablé", dijo Virginia con una retorcida sonrisa de "Gobernar el mundo". "Lydia, este es Richy".

Creo que ella quiso agregar algo más al final de su presentación.

Pero ella se lo pensó mejor y terminó la frase así.

Mi mente seguía parpadeando ante las visiones de Lydia entre las piernas de Virginia.

Una rival me estaba molestando.

"Hola, Lydia", dije, sin levantarme de mi asiento.

Ella estaba lo suficientemente en shock para no ver la furiosa lucha que estaba teniendo.

"Encantada de conocerte, Richy." Lydia casi lo hizo sonar como una pregunta. "Virginia, no me dijiste que traías un invitado".

La sorpresa de Lydia comenzó a evaporarse y fue reemplazada por una sonrisa sincera.

Ella siguió mirando entre Virginia y yo, obviamente tratando de descifrarnos.

Virginia ignoró su comentario.

"Richy, espera hasta que pruebes la comida de esta mujer", insistió Virginia, con orgullo en su voz, "hará que tu boca se haga agua. La mejor inversión que he hecho".

La declaración pareció poner a Lydia nuevamente en modo de shock.

Ella no parecía acostumbrada ver dar elogios a Virginia.

Así que este era el restaurante-negocio de las dos.

"Estoy deseando que llegue."

Intenté no moverme notablemente en mi asiento.

Mis pantalones estaban repentinamente incómodos.

Virginia iba a pagar caro por esto.

Prometí disfrutar cada momento de mi venganza.

Me pregunté si Virginia había exagerado la longitud de la lengua de Lydia.

"Voy a buscar al camarero encargado de esta mesa". La compostura de Lydia volvió, junto con su sonrisa acogedora. "Y a ver si puedo acelerar un poco la cocina".

"Gracias, Lydia", dijo Virginia, casi sonando como si la estuviera despidiendo.

Lydia se dirigió en busca del camarero.

"Eso fue particularmente malo", afirmé.

"Pensé que podrías necesitar algo de contexto. Una historia sin contexto es, bueno, solo una historia", explicó Virginia.

"Te das cuenta de lo que te voy a hacer cuando estemos a solas...", le amenacé.

"Cuento con eso", reflexionó Virginia, "decidí que quería ser violentada esta noche. Por supuesto, si es demasiado para ti aguantar, podría llevarte a la habitación de atrás ahora mismo".

Ella estaba absolutamente seria.

Supongo que esa cosa de negación y dolor iba a pesar sobre nosotros por un tiempo.

Mientras supiera que el final estaba a la vista, mis impulsos podían ser sofocados.

"Oh no. Esto tomará algún tiempo para planificar", bromeé, "el arrebato es un arte, no una ciencia".

Creo que la vi retorcerse un poco.

Tal vez no fui el único con un pensamiento vergonzoso.

* * *

La cena fue tan buena como Virginia había descrito.

Tuve el mero fresco asado más sabroso que nunca probé sobre una cama de berza.

Prácticamente se derretía en mi boca.

Lydia envió a la mesa el vino perfecto para acompañar nuestra comida y completar la ocasión.

Virginia y yo hablamos, nos reímos y disfrutamos mutuamente.

Me gustaba salir con esta mujer.

Justo antes del final de la comida, Virginia se excusó para usar el baño.

Se había ido solo por unos segundos cuando Lydia se deslizó rápidamente en el asiento de Virginia.

"¿Qué le has hecho a ella?" preguntó ella con una sonrisa radiante.

"¿Perdón?" Sabía lo que quería decir, pero no estaba seguro de cómo responder.

Me bloqueé

"Nunca la he visto tan feliz", admitió Lydia, "ahora que lo pienso, no la he visto mostrar nada más que 'se una perra' en público".

Supongo que ella pensó que yo entendería su comentario.

Que no lo tomaría como un insulto a Virginia.

Lo entendí.

Decidí decir la verdad.

"Supongo que es porque la amo", dije con una cara seria.

La cara de Lydia se iluminó.

"Dios mío, creo que ella también te ama", afirmó. "No pensé que nadie se metería bajo ese caparazón. Por favor, no le rompas el corazón. Yo, por ejemplo, no querría estar cerca si pasara eso. "

No pude contener mi risa.

Me llegó una imagen de una Virginia enojada que vagaba por el mundo y oleadas de personas se sentían su furia a su paso.

"¿Qué es tan gracioso?" Virginia estaba de pie detrás de nosotros con las manos en las caderas.

Lydia se encogió.

Sonreí y eché la cabeza hacia atrás.

"Solo hablando de ti, mi amor", dije con cariño.

Vi como la mueca de Virginia se desvanecía.

Me dio un beso al revés y se sentó en una silla vacía.

Lydia parecía que ya no quería estar allí.

"¿Se me permite saber lo que se dijo?" Virginia consultó con su expresión de 'yo-soy-la-mejor-consiguiendo-una-respuesta'.

Lydia no sabía qué decir.

Pero decir la verdad algo modificada fue la clave, con todas las partes buenas pero algunas omisiones leves.

"Le dije a Lydia que te amo. Ella me dijo que mejor no te rompa el corazón". Disfruto mucho cuando estoy en lo cierto.

Una Virginia de ojos húmedos abrazó a Lydia como si fueran amigas perdidas.

La confusión de Lydia fue muy entretenida por decir lo menos.

Su relación nunca había pasado del sexo.

Por lo que pude ver, ninguna de las relaciones pasadas de Virginia significó nada para ella.

Hasta mí, todos ellos eran un medio para un fin y nada más.

"Esto no significa que puedas dejar perder tus ventas este trimestre", dijo llorosa Virginia mientras se limpiaba los ojos.

Lydia sonrió cuando apareció la más familiar Señora Negocios.

"No soñaría con decepcionarte, Señora... Buttingson".

Lydia se contuvo y perdió su sonrisa.

Sus ojos se movieron hacia mí y luego se alejaron culpables.

Por su bien, fingí que no me había dado cuenta.

Afortunadamente, Virginia hizo lo mismo.

"Me alegro mucho por los dos." Lydia se recuperó rápidamente y se puso de pie. "Tengo que atender a los otros clientes, así que disfrutad del resto de la velada".

Nos despedimos con gracia mientras se marchaba, revisando las mesas en el camino.

Cuando ella estuvo fuera del alcance del oído, me dirigí a Virginia.

"Tu historia me dejó con la impresión de que ella era más como una novia", dije con un brillo en mis ojos.

"Pensé que te gustaría más así", dijo Virginia, con su sonrisa malvada de nuevo.

Se inclinó hacia mi oído y me susurró:

"No creí que quisieras escuchar sobre las rayas que le marqué en su trasero o cuánto aprendió a disfrutarlas".

Sentí un escalofrío atravesarme.

"¿De Verdad?" Tartamudeé.

Nuevas visiones aparecieron detrás de mis ojos.

"La muchacha está deliciosamente desordenada cuando se corre", susurró Virginia, mientras me hacía cosquillas en la oreja, "la vista de ella marchitándose y cubriendo las sábanas era tan hermosa".

La vida con Virginia nunca sería aburrida.

Mi polla simplemente amaba su voz.

"Te llevaré a casa ahora", le informé.

Puede que fuera una caminata embarazosa hacia el auto, pero esperar ya no era muy deseable.

"Pensé que nunca lo pedirías", ella susurró.

"No lo hice", le dije con falsa valentía.

Virginia se rió y me dejó pensar que yo estaba a cargo.

CAPÍTULO 19

Esa noche y las siguientes noches y días fueron los mejores de mi vida.

Aprendimos los límites de cada uno y luego los expandimos.

Para mí ese era un mundo completamente nuevo.

Para ella era un universo completamente nuevo.

Vía sus labios rojos en mis sueños.

Eran buenos sueños.

Siempre me sorprendía cuando esos rubíes me despertaban por la mañana.

Y la compañía estaba en la misma vía rápida que mi corazón.

Mi equipo estaba en racha.

Todo lo que hacíamos surgía oliendo a rosas.

Todos estábamos viendo signos de dólar en nuestros sueños.

***

La noche del viernes fue mi primera calma en el paraíso.

Virginia tenía un compromiso previo.

En realidad, me sentí bien al respecto.

No estaba seguro de que pudiéramos mantener el ritmo que estábamos llevando por mucho más tiempo.

Eso, además, dijo que el sábado sería todo mío.

Pensé que podría prestársela al resto del mundo por una noche.

Así que pasé la noche del viernes lavando y limpiando mi apartamento.

Tuve que reírme de la ironía.

Aquí estaba en una relación comprometida, pero estaba solo el viernes por la noche.

Mi pobre pene podría aprovechar el descanso de todos modos.

CAPÍTULO 20

Me detuve en la casa de Virginia el sábado por la mañana.

No hace falta decir que estaba de muy buen humor.

Teníamos planes para dar un paseo por el zoológico y salir a almorzar o cenar, lo que se nos acercara primero.

Y encuentros sexuales no planeados serían un hecho.

Aunque estaba empezando a pensar que Virginia en realidad planeó la mayoría de ellos.

Acepté la ilusión porque me convenía.

Pero mi vida se rompió en pedazos cuando abrí la puerta.

Virginia estaba desnuda y arrodillada sobre el frío mármol en el centro del vestíbulo de entrada.

Sus manos estaban detrás de su espalda y sangre salía de su boca.

Estaba repitiendo 'Lo siento' como un mantra mientras miraba al vacío.

Me quedé inmóvil por un segundo, pensando que tal vez era una especie de truco.

Salí del trance y corrí hacia ella, llamándola por su nombre.

Tenía moretones por todos lados y sus ojos no me vieron.

La atraje hacia mí en un intento de que me reconociera.

Ella estaba hiperventilando su mantra y ni siquiera sabía que yo estaba allí.

Mi corazón se rompió.

Alguien había destrozado a mi ángel de porcelana.

La sostuve mientras sacaba el teléfono de mi bolsillo.

Pero dos manos fuertes me agarraron de la camisa, me levantaron y me arrojaron contra la pared.

La parte baja de mi espalda golpeó los azulejos, paralizando momentáneamente mi columna vertebral.

Mi teléfono se fue volando.

A través de las estrellas que aparecían en mi cabeza, vi que una especie de montaña de hombre se movía hacia mí.

Me obligué a ponerme de pie, tratando de formar algún tipo de defensa.

Más rápido de lo que podía reaccionar, una mano grande me envolvió el cuello y me sujetó contra la pared y comenzó a levantarme.

La otra mano golpeó en mi estómago.

Me estaba sofocando en mi propio vómito.

"Así que tú eres el hijo de puta que llenó la cabeza de mi hermana de mierda", gruñó.

Sus ojos no dejaban espacio para la misericordia.

Luché para tirar de su brazo, para disminuir la tensión en mi cuello.

"Ella es mía, pequeño insecto. Siempre lo ha sido".

A su declaración le siguió otro puño.

No podía respirar lo suficiente como para gritar.

La supervivencia hace cosas extrañas a la mente.

Te trae recuerdos de cosas que no habías pensado en años.

Tuve una clase de defensa personal una vez, cuatro horas completas en el Ejército.

Fue justo antes de que nuestra unidad fuera desplegada en Afganistán por un corto período de tiempo.

"Los estadounidenses no pelean de manera justa", dijo el sargento, "usamos la tecnología y la logística para matar a nuestros oponentes antes de que sepan que están en una pelea. Pero como siempre, las cosas se complican y es posible que te encuentres en una pelea justa. Los talibanes no tienen el poder de nuestra tecnología ni nuestro armamento. Están amontonados con entrenamiento cuerpo a cuerpo. Sólo tengo cuatro horas para enseñarles cómo sobrevivir a una pelea justa. Desafortunadamente, eso llevaría años, así que les voy a enseñar cómo hacer trampa ". Todavía podía escuchar su voz ronca. "Van a usar lo que encuentren como arma. Su casco, colgado de la correa de la barbilla, es una maza maravillosa. Lo suficientemente fuerte como para romper huesos. Su equipo lleva colgando una cantimplora llena de agua. Pero sea lo que sea que hagan no traten de amenazar a estos tipos con los puños. Serán superados. Así que mejor golpéenlos hasta la muerte con la culata de su rifle. Cualquier cosa para mantenerlos a un brazo de distancia. Si todo lo demás falla, quiero que recuerden: en ojos y oídos. Jódalos y les dejarán ir. Y las orejas salen como las cáscaras de plátano; los dejarán ir ".

Todo lo demás había fallado.

Me estaba muriendo lentamente.

Solté su brazo, me hundí más en el estrangulamiento y luego agarré sus orejas.

Su grito fue más fuerte de lo que esperaba cuando tiré con todas mis fuerzas.

El sargento tenía razón: me soltó.

Dejé caer su carne y agarré la lámpara de la sala y la giré.

El sonido fue repugnante cuando la base de la lámpara se hundió en el costado de su cara.

Cayó de rodillas y se desplomó en el suelo.

De repente solo hubo silencio a excepción del mantra de Virginia.

Dejé caer la lámpara, y luego eché mi desayuno.

Me arrastré, jadeando, a mi teléfono.

Todo había muerto.

Todos mis sueños, al menos los que importaban, se habían ido.

Marqué el 911 y me arrastré hasta mi amor destrozado.

Ella no podía verme o escucharme.

Todo lo que era ella se había derrumbado.

La mantuve así hasta que me alejaron de ella, su mantra aun haciendo eco.

Y me rompí entonces.

CAPÍTULO 21

Los meses que siguieron fueron una vista previa al infierno.

Los tabloides se enteraron de la historia y la prensa general siguió con ella.

Historias sucias alimentaron a los periódicos.

Riqueza, incesto, violación, palizas y Virginia perdida en ninguna parte.

Ella era lo que su hermano había creado.

Solo una cáscara amarga forjada a través de años de tormento.

La pude encontrar dentro de la cáscara, pero luego, en una mañana, la perdí.

El mundo era negro para mí; ya no había color.

Me dediqué de lleno a la empresa.

Me convertir en un jefe dictatorial nacido del odio que no tenía a dónde ir.

Quería y necesitaba que otros sintieran mi dolor.

Me fui temprano una mañana, después de haber llevado a Janeth al llanto.

Caminé por las calles y encontré un pequeño alivio para mi angustia.

Tanto el empleado como el artista trataron de disuadirme de ello.

Habían oído las historias y reconocieron mi rostro.

Pero el dinero compró el dolor.

Su codicia anuló la razón.

Lo disfruté.

Fue mi 'fusta' por elección.

* * *

Regresé esa tarde como medio yo mismo.

Me disculpé, a través de mis lágrimas, con Janeth.

Y les di más disculpas vergonzantes a los demás.

Todos entendieron, pero nunca lo entenderían completamente.

Regresé por más dolor al día siguiente.

Me encantó la sensación de ser tallado.

Me dejó recordarla y olvidar lo que vi ese sábado por la mañana.

Echaba de menos a mi perra.

* * *

No dejaron que nadie la viera durante ese primer mes.

Estaba aplastado cuando ella se negó a verme al siguiente.

Agregué más dolor a mi día.

No iba a ser suficiente.

Fue Lydia quien me encontró, borracho y en la azotea de mi edificio.

No iba a saltar, aunque caer era una posibilidad distinta.

Ella, la única persona que sabía la mitad de lo que me pasaba, me abrazó.

"Nadie lo sabía, Richy", dijo a mi ser borracho.

"¡Él la rompió porque yo no estaba allí!" Le grité.

Pero no me moví de su abrazo.

Me recordó a Virginia.

"Solo dale tiempo. Nuestra Virginia regresará y nos mandará en poco tiempo", razonó y me abrazó con más fuerza.

No pude evitar reírme de eso.

Ese primer día con Virginia había sido una maldición.

Pero cambiaría todos los días, de aquí en adelante, para simplemente vivir esa maldición otra vez.

Al menos Lydia lo entendía.

* * *

Pasamos la tarde intercambiando historias de Virginia.

A su manera, Lydia amaba a Virginia.

Virginia condujo a un gran éxito al 'The Meet' y reveló a Lydia partes de ella que habían permanecido ocultas.

Virginia siempre había temido el contacto incontrolado.

Lydia había sido demasiado adelantada una vez y se vio afectada por la ira de Virginia.

Fue mi masaje, el que copié del crucero, el que comenzó a romper a su caparazón.

El inicio lento y la suavidad controlada.

Alimentó su reprimida necesidad del toque humano.

Su confusión, mezclada con la ira, cuando manejé su trasero, tenía sentido.

Mucho de lo que le pasaba a Virginia cobró más sentido mientras hablábamos.

"Solo desearía que ella me permitiera visitarla", dije mientras el alcohol se evaporaba lentamente de mi sistema.

"¿Crees que eso la detendría a ella?" Lydia preguntó con firmeza. "Si tú le dijeras que ella no podía verte, ¿crees que eso podría hacerla cambiar de opinión?"

Sonreí al pensarlo.

Me había revolcado en autocompasión, mientras que la mujer que amaba se revolcaba en la suya.

"Joder ¡no!" Contesté: "ella me doblegaría y me haría arrastrarme sobre mis manos y rodillas para pedir perdón".

Lydia asintió con una sonrisa de complicidad.

Le di a Lydia un beso en la mejilla.

"Voy a recuperar a mi perra".

CAPÍTULO 22

Virginia estaba en una instalación privada fuera del alcance de la prensa.

Era el mejor sitio que su dinero que podía comprar.

Se parecía más a un club de campo que a un hospital psiquiátrico.

Entré por la sección de visitas un lunes, con un Kindle cargado hasta los topes.

Tenía un plan y me llevaría unos días implementarlo.

Sabía que era terca y su nombre era Virginia.

"Por favor informe a Virginia Buttingson que Richard Carrington está aquí para visitarla".

Ya sabía cuál sería la respuesta de la enfermera, pero en un lugar como este, la solicitud la llegaría Virginia.

Me senté y me acomodé en la sala de espera.

Y mientras leo.

* * *

Repetí la misma operación después del almuerzo, me senté y leí un poco más.

Por dos días más, repetí el proceso.

La única ventaja es que pude avanzar en mi lista de pendiente de leer.

En el cuarto día cebé un poco más el anzuelo.

"Por favor, informe a Virginia Buttingson que Richard Carrington no ha estado trabajando durante cuatro días".

Las cejas de la enfermera se alzaron ante mi pedido.

"Palabra por palabra si fuera tan amable".

Me senté y comencé a leer.

Ni siquiera pude terminar un capítulo.

"Señor Carrington", dijo la enfermera.

Ella tenía una sonrisa en su rostro.

Creo que nos habíamos caído bien en los últimos días.

"Al doctor Hincking le gustaría que lo viera en su oficina".

Me levanté con una mirada bastante engreída en mi cara.

Mi nena todavía estaba preocupada por sus inversiones.

Ella no podría haberse ido del todo.

"Señor Carrington ..."

Pero interrumpí rápidamente al doctor.

"Richard, por favor". Todavía estaba un poco animado.

"De acuerdo, Richard", continuó el doctor, "la señora Buttingson ha aceptado reunirse con usted siempre que yo esté presente. Creo que ella quiere que actúe como un amortiguador. Puede que no esté satisfecho con el resultado".

Le sonreí al doctor.

No tenía idea de lo que Virginia necesitaba.

Necesitaba que le devolvieran el caparazón y este idiota probablemente estaba tratando de destruirlo para siempre.

"No le importará si me mantengo un poco más optimista, ¿verdad?"

Sonaba como un gran gilipollas, pero era lo que diría Virginia.

Ella se vería mejor haciéndolo.

El doctor perdió la falsa amistad que estaba tratando de proyectar.

"Su desvergüenza es profunda, Richard. No quiero que deshaga lo lejos que ha llegado".

El doctor estaba realizando un tratamiento regular.

Eso nunca funcionaría con Virginia.

Ella necesitaba el remedio de mi pegamento para volver a armarla.

"Mantenga sus comentarios en el 'hoy'; no haga promesas que no se puedan cumplir. Ella necesita estabilidad y verdades sólidas, no sueños".

"¿Ella especificó que debería tener qué decirme?"

Me estaba poniendo engreído.

Vi la irritación en el rostro del doctor cuando se dio cuenta de que podría no cooperar.

Así es como se sentía la gente cuando Virginia tiraba alrededor todo su peso.

Era un poco intoxicante.

Solo se concentraba en su objetivo y arruina a todos aquellos que intentan ralentizarle.

"Está bien. Le hago saber ahora que le aconsejé que no lo hiciera". El doctor estaba furioso, pero yo estaba eufórico. "Es mi opinión que su tipo de relación no le hará ningún bien. Ahora necesita una relación más tradicional". Sonreí a su ignorancia. "Bueno, se lo advertí de la mejor manera que pude. Actuaré como mediador y hará oír su opinión. Mantenga la visita cordial y, por favor, no se enfades con ella si no ve las cosas a su manera".

"Esto no es antagónico. Lo entiendo, doctor".

Le sonreí a su suspiro.

Me estaba divirtiendo más de lo que debería.

El doctor era un asno pomposo de todos modos.

Descolgó el teléfono y le dijo a su secretaria que dejara entrar a Virginia.

Virginia entró y traté de no hacer una mueca.

Parecía que se había doblado en sí misma.

Ella dijo "hola" débilmente, con una dosis adicional de timidez.

Solo asentí con la cabeza y la vi caminar lentamente, casi tambaleante, hacia el otro lado del sofá.

Un buen abismo de cuatro pies de cuero nos separaba.

Dejé que el idiota dirigiera la conversación.

Pasó unos minutos monologando sobre sanación y nuevos comienzos.

Me entraba por una oreja y me salía por la otra.

Supongo que decidió encaminarse por algunos ejercicios de construcción emocional.

Era su error, no el mío.

"Ahora, Virginia, cuando miras a Richard, ¿qué ves?" preguntó clínicamente.

Miré a Virginia que estaba luchando por mirarme.

Su vergüenza era evidente; le había sido arrancada su fuerza.

"Miedo", dijo en voz baja, "tal vez vergüenza y pérdida".

Ella se cubrió los ojos antes de terminar.

Incluso sus labios habían perdido su brillo.

"Esto es más difícil de lo que pensé", dijo mirando al sofá.

"Así es como nos curamos, Virginia", la consoló el doctor.

Luego cometió su segundo error.

El primero fue dejarme entrar en la habitación.

"¿Qué ves cuando miras a Virginia, Richard?"

"Alguien para toda la vida", le respondí con rapidez y claridad.

Estaba mirando directamente a Virginia, inquebrantable en mi devoción.

Su cabeza se quebró con mi palabra.

"¿Puedes aclarar eso?" El doctor preguntó nerviosamente.

"No importa", estaba listo para dejar como un idiota al doctor.

Estos chicos 'sensibleros' son todos iguales.

Demasiadas palabras, pero no hay suficiente sentimiento.

Virginia me estaba mirando.

Vi que su fuerza estaba volviendo.

"Pensé que habíamos hablado de no decir promesas, señor Carrington".

El doctor estaba cada vez más irritado.

Creo que sintió que lo estaba ignorando.

Y así era.

"¿No importa qué?" Preguntó Virginia con un poco más de claridad.

Su cuerpo se inclinó hacia el mío.

Yo era su pegamento.

"No, ya lo dije."

Nunca quité mis ojos de los de ella.

Vi que su temor se desvanecía, lo que me hizo sonreír.

Ella me devolvió la sonrisa.

Era su sonrisa amistosa y acogedora.

Estábamos casi allí.

"Creo que voy a tener que terminar ..."

Interrumpí al buen médico antes de que su terapia arruinara a mi chica de por vida.

"¡Cállese la boca!" Ordené con veneno.

Estaba usando mi cara de 'Voy a arrancarte las orejas' cuando me giré hacia él.

Sorprendentemente, él cerró la puta boca.

Regresé con mi sonrisa a Virginia.

Ella se había arrastrado completamente por el sofá y avanzaba lentamente hacia mí.

No hice ningún movimiento hacia ella.

Esperé.

"¿No importa qué?" repitió mientras se acercaba aún más.

Su sonrisa y sus ojos cambiaron a una mirada más contundente.

Más de ella estaba de vuelta.

Solo había una cosa más que decir.

"Sí Ama."

Puse todo lo que tenía en esas dos palabras.

Escuché al doctor jadear.

Virginia se lanzó hacia adelante y en mis brazos.

Sus ojos estaban vivos otra vez.

Ella puso su mejilla junto a la mía.

"Necesito atarte, refrenarte", susurró ella.

Podía sentir su necesidad de control.

Ella había perdido tanto en los últimos dos meses.

"Hay una ferretería a un par de millas por la carretera".

Yo estaba comprometido.

Ella lo valía todo.

"Podría hacerte daño".

Ella casi estaba sollozando cuando dijo esto.

Acunó mi cabeza en sus manos y me miró con los ojos húmedos.

Estaba atormentada por la necesidad de controlarme completamente y la necesidad de amarme.

Todo lo que vi fue el amor.

Levanté la mano y tiré del cuello de mi camiseta, casi rasgándola, para exponer mi pecho izquierdo.

Un tatuaje elaborado que deletreaba 'Virginia' estaba sobre mi corazón.

Arte intrincado, nacido de horas de dolor.

La deseaba más allá de la razón y aceptaría lo que ella necesitara de mí.

Me dio la bienvenida.

Virginia se levantó con elegancia y miró al médico con desdén:

"Me voy, doctor".

La perra estaba de vuelta.

El doctor sabiamente solo asintió.

Creo que vi un poco de miedo en sus ojos.

Nos tomó menos de quince minutos salir de allá.

El empaquetamiento normal se ignoró a favor del método rápido de todo como caiga en la maleta.

Cuando cerró su maleta, algo cruzó por su mente y me miró con ojos serios.

"¿Estaría bien si nunca habláramos de mi familia?" ella me preguntó.

A ella tampoco la última deriva "sensible a la pelea" para curarse.

"Preferiría que nunca habláramos de ella", respondí.

Maldije el día que conocí a su hermano y sospeché que el resto de su familia también apestaría.

Virginia sonrió y agarró el pelo de la parte posterior de mi cabeza y acercó mis labios a los de ella.

Sentí su fuerza en el beso y eso viajó directamente a mi ingle.

Ella apartó mis labios y señaló su maleta.

Sonreí y la recogí.

"Te lastimaré porque lo necesito. No te lo voy a negar", dijo Virginia con una sonrisa maliciosa, "y tenemos que detenernos para comprar un lápiz de labios".

Habían pasado dos meses desde que tuve una erección.

Mi polla estaba compensando el tiempo perdido.

"Me encanta que yo consiga hacerte eso", ronroneó ella mientras miraba entre mis piernas.

La noche fue exquisita.

FIN

www.ingramcontent.com/pod-product-compliance
Lightning Source LLC
LaVergne TN
LVHW091104150826
845673LV00002B/720

* 9 7 9 8 2 3 0 6 4 4 0 7 1 *